原 一実
HARA Kazumi

文芸社

目次

プロローグ

雄一郎は考えていた。自分はいつからこうして便座に腰かけて用を足すようになったのかと。必要とされていた二十秒ほどの生理的な欲求はとうに満たされていたが、ポカポカと温かい暖房便座はやけに気持ちいい。

親の手を借りなくなってから42歳になる今日まで、〝立って〟することに疑問を持ったことなど一度もなかった。頭をかすめることさえなかった。世の男ども同様、スタンディングポジションは当たり前だったのだ。時がたち、洋式スタイルに変わっても、その認識はなんら変わることはなかった。

今でこそトイレと言えばほぼ洋式トイレを指すようになったが、雄一郎が幼少期を過ごした長野の田舎にある実家のトイレは、男が使う立ちタイプ（いわゆる金隠し——なんとストレートなネーミング）と和式のしゃがみタイプとに分かれていた。水洗トイレは少しずつ普及してきてはいたが、まだまだ〝便所〟と呼ばれるのに相応しい状態だった。それが時代の、そして田舎のスタンダードだったのである。

河口家のその便所の小用部分の隅っこには、12～13センチの高さの手作りの木製踏み台が置かれていた。手先の器用だった父雄介が30分とかからずに仕上げた時は、何に使うのかわからずにいた幼い雄一郎は、「ナニそれぇー」とあどけない声で質問した。

それこそ、雄一郎が〝男〟として自立するための第一歩となるはずのツールだったのだ。その上に立ち、雄一郎が一人で用を足すために雄介が考えた傑作のはずだった。

しかし、その高さは可変式ではなく、このくらいで大丈夫だろうと雄介がいいかげんな目測で製作したため、その踏み台に乗っても雄一郎の股間は便器の縁に届かなかった。父の雄介は自分の判断を呪ったものの、「努力するための絶好の機会だ」と自分のミスを棚に上げて雄一郎へ過酷な試練を与えた。

背伸びをしてバランスを崩しながら引っ張り出そうとモゾモゾしているうちに漏れてしまったり、運よく外界に出せてもフニャフニャの小さな物体は方向が定まらず、周囲の壁や床を汚してしまうという不始末を繰り返した。そのたびに雄一郎は母の淳子を呼び、泣きながら後始末を頼んだ。淳子は雄一郎を叱ることはなく、「お父さんのせいよねぇー」と言って汚れた床を拭いたり、べそをかいている雄一郎を宥《なだ》めたりした。

騒動の発端をつくった雄介は、「多少の困難が伴わなければ大成しない。逆境にも耐えなければいかん」とミスを認めるどころか、己の誤りをさらに高い棚に上げて独特の哲学を押しつけた。幼少時、用を足す時に大変な思いをした人が偉人になったという話は、いまだに聞いたことがない。雄一郎の〝自立〟は困難をきわめた。

小学校2、3年にもなると背丈も伸び、踏み台に乗った時の股間の位置と便器がかろうじてフィットするようになると、大きな粗相をすることはずいぶん減った。しかし、踏み台とは違い、可変式の雄一郎の分身は、縮んだりくっついたり曲がったりとその形状を自由に変えるため、まだ一人前ではない雄一郎が取り扱い損ねるのは仕方なかった。その頃には粗相をするのが恥ずかしい行為だと感じ始めていたので、母親を呼ぶことはほとんどなく、「ボクじゃないよー」と知らないふりを決め込んだ。淳子は息子の成長を喜びながらも、時には「ちゃんと狙ってしないとダメよ」と少し強い口調でたしなめた。

真っ正面を狙っているのに……と男の子にしか理解し得ないジレンマに、いつも雄一郎は悩んだ。

こうして紆余曲折しながらも、両親に教えを乞うた〝立ってする〟という行為は〝息をする〟と同じく、なんらの疑問も差しはさまぬ行為として雄一郎の中に根付いていった。

雄一郎のような苦難の過程をたどった男はあまりいないだろうが、同世代の多くの男が

〝立ってする〟という行為になんの疑問もなんの罪悪感もなく成長してきたのは間違いない。

和泉と雄一郎　1

（1）

「ちょっとー、また跳ねてるわよ。うわぁー、下にも垂れてるぅ」

何度となく聞いている和泉のヒステリックな叫びが、雄一郎の側頭部に突き刺さる。またやってしまったか、確認したつもりだったが、と十数分前の行為を思い出す。はっきりとわかるほど痕跡を残しているとは思えないのだが……。

読んでいた新聞を下ろし、大声で応じる。

「ゴメーン、気をつけてるんだけどねぇ」

とりあえず謝ろうとする姿勢を見せた。このやり取りは毎度のことだ。年のせいか若い時のような切りのいい終わり方ができなくなってきたのは自覚しているので、〝垂れている〟との指摘には、イヤそんなわけないと突っ張る自信がない。逆に、周りに飛び跳ねてしまうほど勢いはよくないんだけどな、と自虐的な反抗を心の中でそっとする。

「小さな子どもの始末をするのとはわけが違いますからね。自分の不始末は自分でなんとかしてね」

そんなつもりで言ったわけではないであろう和泉の一言が、何度となく母の手を煩わせた雄一郎の幼い日の記憶を蘇らせる。あの頃とは年齢も状況も時代も違う話だとはわかっていても、和泉にトイレの飛び跳ねの話を切り出されるたび、思い起こすのはあの踏み台だった。

肘《ひじ》までシャツをまくり上げて、両腕をブラブラさせながら和泉が居間に入ってきた。若い頃から和泉は最低でも5分は手を洗う。結婚当初はかなりの潔癖症なのかと疑い、雄一郎はずいぶん気を遣ったものだった。

曲げた指先の爪を合わせて左右に細かく動かし、互い違いに手の甲を擦りお祈りポーズで指を組み、また擦る。擦るというその運動は指先から始まり肘まで続く。

たいして汚れてもいないトイレを潔癖症ゆえに大騒ぎをするのだろうと疑っていたが、和泉の手洗い現場をのぞいた時、それは氷解した。職業上の習慣が家でも抜けないということなのだ。ただ最近は、ひょっとしたら嫌がらせではないかと感じる時もあるにはある。

「私、前々から考えてることがあるんだけど、聞いてくれる？」

シャツの袖を下ろしながらソファにドンと腰を下ろし、アーアと大きなため息をついた後、和泉はそう続けた。

二人一緒ののんびりした休日は久しぶりだった。天気もいい。こんないい日にトイレの話の続きは勘弁してもらいたい、と雄一郎は願った。

「やっぱり座ってくれないかなぁ」

眉をひそめた和泉の表情を見ると、もう座ってるじゃない？　と、ボケる状況には程遠いのがわかった。祈りも願いも通じない時は通じない。そしてまた、あの話だった。

「ダメ……？」

上目遣いをして和泉がしおらしい声で囁く時は、何か企んでいると考えていい。雄一郎は、引き上げた新聞紙の内側でこわばった表情になる。ディフェンスを固める必要があった。

「…………」

沈黙は揺るぎなき拒否だ。

「そうだよね。やっぱ堂々巡りかぁ。男の人の金科玉条、いつものやつね」

ダヨネという表情をした後、和泉は首をガクリと折る。ゆっくり一呼吸すると顔を上げ腕を組んで何か考え始めた。

（マァ、解剖学的あるいは形態学的に言っても、男は立ってするものだし女は屈んでするものだという理屈は確かに成り立つ、ウン。それにアレは子孫を残すという原始的かつ根源的なアイテムであると同時に、解毒物を排泄するためのホースとしての役割を担ってるわけだ。肉体が完成した時点でもうすでに遺伝子レベルで人類のオスの排泄ポーズは決まっているのかァ？）

自分を納得させようとしているのか、ブツクサとつぶやいている。ウンウンと唸っている。雄一郎は新聞の陰からそっと和泉をのぞき見た。

（そうだなァ、原始の時代は男女分業だからな。男が狩りに出た時におちおちと座って用を足していたら、様々なリスクに対処できず生存の危機に陥るかァ。コンマ何秒かが生きるか死ぬかの境目になる。立ってすれば、最悪逃げながらでも排尿するのは可能だ。リスクマネジメントを考えるなら、立ったままするのがベターなのか）

ずいぶん長い独り言だと思っていたら突然、「狩りしてるのなんて見たことネェー」と大声を出した。和泉は自分の声に驚いたのか、ビクッと体を震わせた。雄一郎が新聞をグシャッと閉じる。和泉の目の奥で、逆に夜道で悪ガキに狩られている雄一郎の映像がチラチラした。

「いま何か言った？　ワタシ」

「ウーン、かりをしてるとか……」

「かり？　そうそう、仮にでいいから試してみない、バックスタイル」

またかぁと雄一郎は露骨にイヤな顔をしたが、完璧にスルーした和泉は素知らぬ顔で話を続ける。

「マァそういう既得権益ならいくらでも論破できる自信あるんだけど。こっちにも積極的に攻め込むだけのデータがないのよねぇ。トイレにおけるオシッコの飛び跳ねに関する考察。どっかの暇な科学者、検証してくれないかなぁ。イグノーベル賞もらえるかもしれないのに……」

後半は自分の戦略に関わってくる話らしく、また独り言のようになった。こうして考えている時の和泉は注意を要する。あまり関わらないほうが賢明だと判断し、雄一郎はなんの防御にもならないとはわかっていたが、新聞紙を10センチほど引き上げた。

うつむきかげんだった和泉がフッと顔をあげ、得体のしれない笑みを浮かべた。

「ネエ、もうひとつ聞いて。画期的なこと考えてたんだ。どうしても座りたくないっていう脳ミソの凝り固まっている人用のね。あくまでもセカンドチョイスなんだけど」

危険な雰囲気が漂ってくる。胸騒ぎがした。お願い口調で話しかけてくる時は、とてつもない提案や指示がなされる可能性が高い。

またまた無意味なのはわかっていたが、雄一郎は新聞紙を強く握り顔に引き寄せた。

「どうしても立ってしたいって言うなら、便器のオプションとしてフレキシブルのホースつけるってどう？　エッ、もちろん男性専用よ。簡単に言うと水道の蛇口と水撒き用のホースとの関係。そう、もちろん蛇口があなたのよ。それでそのホースの先っちょにアタッチメントつけてあなたのを突っ込むわけ。ホースの反対側は便器の側面にでも取り付け用のホールを空けて固定すれば、セットアップ完了。つまり、ダイレクトに便器内に流れてくのよ。たかが40〜50センチ尿道が伸びるだけの話じゃない。マ、一種のバイパスよね。アレ、ちょっと違うかぁ。でもイメージしてね、ホラ極上の排尿感。前立腺肥大なんて何するものぞ、ン、あれは出にくくなるのか？」

新聞紙でガードしていたため和泉には気づかれなかったが、雄一郎は、間違って渋柿を齧《かじ》ってしまったサルのような顔をしていた。両手が小さく震え、新聞紙を握った指にグッと力が入る。それにしても前立腺うんぬんのたとえがよくわからない。

自分が何を言っているのか理解しているのか、和泉。

聞きようによっては、イヤどう聞こうが、かなりエロセクシャルな話をしている。だいたい、和泉の考案したオプションは限りなくアダルトグッズの形状に近い。

「だって今どき、トイレ開ければ勝手にライトつくし蓋は開くし、終わったら勝手に水流れるし。お尻シャワシャワなんてお手のものでしょ。そんなのよけいなお世話ってことまで、なんてことなくできちゃうわけだもん。私の考えた装置なんて楽なもんよね。たいした開発費も工事費もかからないし、特許取っちゃおうかな」

そっちの問題じゃないだろ、和泉。

その形態を想像するだけで背筋に寒気が走る。どこをどう考えても変形のアダルトグッズか新型の拷問器具しか思い浮かばない。何にしろ、男にとって屈辱的な装置であるに違いなく、頭をブルブルと振ってそのイメージを忘れようと試みた。その発想のおぞましさ――好意的にとらえればそのユニークさ――は画期的であると認めないわけにはいかないが、易々とナイスアイデアだねとは口が裂けても言えない。

次々と突拍子もない発想が湧いてくるのが快感なのか、和泉はさらに言葉を継ぐ。

「アレ……ずいぶんアナログ的な装置だって思ってる？」

雄一郎からすればピント外れもはなはだしい。

「ローコストのほうが普及するかなって思って手動にしたんだけど、お値段に糸目をつけないでいいんなら、先っちょに高性能のセンサーカメラでもつければいいのよね。ミサイル追尾システムの技術を応用すれば、パンツから顔出した瞬間自動的に追っていくわよ。男の人のアレって、けっこうミサイルに似てるしね……フフフ」

押し殺したような不気味な笑いが新聞紙を震わす。和泉はどんな顔をして最近の軍事システムと下ネタを一緒くたにして話しているのだろう。そう言えばしばらく前、デジタル機器に疎い和泉が、「サイバーナイフっていう医療器械があるんだけど、ミサイル追尾システムが応用されてるのよ」と興奮して話していたことがあった。ケイタイやカーナビだって軍事転用なのだから、下手したら和泉のアイデアに使われる可能性がないとは言えない。

「ニューッとノズルが伸びてきて水がシャバシャバ出てお尻洗いなんて、もう何年も前から使われてるのに、私みたいな発想が浮かばないってのが不思議なのよね。クリエイティブな人いないのかしらね、トイレ業界。企業努力足りないわよねぇ」

そういうことを考えた人が仮にいたとしても、口に出さなかっただけだ、和泉。その人にあったのは理性と羞恥心だ。

このへんで少し反論しておかないとただならぬことになると感じた雄一郎は、膝の上に新聞を下ろした。室温が2、3度下降しているような気がする。鼻の頭を手の甲で擦った。

「なんかそのアタッチメントに突っ込むのってイヤだよな。それにオレだけが使うならまだ譲歩する余地はあるけど、客が来た時なんかはどうするの？　ヤダよ、他人が入れたとこにまた入れるなんて。萎縮しちゃうって」

最大限の譲歩だ……と思ったのだが、和泉はアラやだーの手さばきをして、その譲歩をものともせず言い返した。

「なにバカなこと言ってんの。そんなのディスポのアタッチメントにすればいいんじゃない。かんたん、かんたん。水溶性の材料にすれば、終わった後はずして一緒に流しちゃえるじゃない。周りに飛び跳ねたり垂らしたりした後で掃除しなくちゃあならないの考えたら、合理的でしょ。こういうのなんて言うんだっけ？　アル……アルゴリズム？」

小首を傾げながら和泉が訊く。

多少ポイントはずれているようだが、広義に解釈すればそうなるのか？

「マァ、当たらずとも遠からずってとこかな。よくそういう発想がスラスラと出てくるね」

お持ちでないくせに……と下を向いて極小ボリュームでつけ加えた。絶対に聞こえたはずはないのだが、

「こういうのって、男より女だから思いつくのよね。主婦ならではのアイデア。専業主婦ではありませんけどねぇ」

自画自賛した後で何に思いを巡らせているのか、和泉は右上方斜め45度、ガラス扉の向こうのキラキラとした外界に、満足そうな顔を向けた。雄一郎は、眼鏡を直してからまた新聞を持ち上げる。

どんなに想像力の豊かな人であれ、この瞬間にこの二人を見て、今交わしてきた会話がどんなに忌まわしい内容かを言い当てるのは不可能だろう。オシッコの飛び跳ね問題でこれだけの議論ができるということ自体、雄一郎には驚きだった。よくよく考えてみれば、男にとってはなんでもないような問題を（専業であれ兼業であれ）どんな主婦でも日々悶々と悩んでいるのかもしれない。

それにしても、和泉の提唱した毒蛇のようなホースがデパートや公衆トイレにまで設置されている未来など、想像したくもなかった。ましてや『トバーズ』なんてネーミングされたSML表示のあるアタッチメントが、〝セール中〟なんてポップ付きでコンビニのレジ脇につるされているなど、地獄絵図以外の何物でもない。

「これからもっと気をつけるようにするよ。肉眼的には見えないけど、けっこう飛び跳ねてるらしいからね」

当たり障りのないコメントを、新聞紙越しに投げかける。これまでにも何度も謝っているので、習慣的に言葉が出てくる。

「何回も聞いてるような気がするけどなぁ、その反省コメント。だいたい、座ってくれれば、こんなトイレ改造なんてする必要ないのよ。座るのなんて簡単なことでしょ」

苦々しさが払拭できないのか、和泉の顔にはまた仏頂面が戻ってきた。

「そりゃあ、タワマンじゃないけど新築で買ったんだし、二人で綺麗にしていこうって約束したじゃない。それにトイレ掃除は当番制じゃなかったっけ？」

二人の40歳の記念にと３ＬＤＫの新築マンションを購入した覚えも、綺麗にしていこうと言った覚えもあるが、当番制の話は初耳だった。少なくとも、ベランダや窓の掃除はいつの頃からか雄一郎の担当になってしまっていたが。

「久美だって、お父さんの後は汚くてイヤだって言うのよ。あんなにお父さんっ子だったあの子がよ」

痛いところを突かれた。

一人娘の久美は雄一郎にとって大きな弱点だった。幼い頃からパパ、パパと雄一郎に懐き、雄一郎も空いた時間はすべて久美のために消費していたと言ってよい。

雄一郎は苦い唾液を音が聞こえるくらい飲みこんだ。あの久美がそんなことを言っているのか。

「もう一度言いますけど、なんといっても一番いいのは、便器に座って用を足してくれることなのよ。そうすれば、私のアイデアなんてまるで必要ないんだから。これ言うと男の人って男の沽券《こけん》がどうだとか、面倒くさいとか必ず始まるけど、今までこうだからこうじゃなくっちゃあならない、なんてことないのよね。イノベーションよ、イノベーション！」

リピートが始まるのは、和泉が軽くエキサイトしてきた時の癖だ。

「きっと何年か先には、トイレに入った男の人が大なり小なり無意識にクルッと半回転してしゃがむ時代がくるね。私の考えたアタッチメントタイプは、男の人の認識を変化させるための布石っていうか、移行のための準備段階と位置づけてもいい。男の人が持つ拒絶反応を少しでも緩和してくれるんじゃないかな、ウン」

和泉の宇宙的な構想は果てしなく、そして自己完結したように思えた。

「そうそう、滅茶苦茶オシッコ我慢してきた人が、アタッチメント装着に戸惑って暴発なんてことが頻発すれば、腰かけ放尿への移行に拍車がかかるかもね。ウフフ」

完結どころか、悪魔に魂を売ったとしか思えない発言。

「それにしても、どれだけ広範囲に汚染するかという実験的アプローチがなされていないのは非常に不満ね。仮定だけで、実証されなければ科学じゃないもの。できるだけたくさんのファクターを取り入れてデータを出してくれる研究、誰かしてくれないかな。とにかくエビデンスよ、エビデンス！」

ダイニングテーブルに移動して、一人でブツブツつぶやいていた和泉の〝エビデンス〟という単語だけが雄一郎の耳に届いた。エビデンス……どういう意味？　と一瞬尋ねようとしたが、こういう時は声をかけないほうが無難であることを、20年の結婚生活は教えていた。

いつだったか忘れたが、話の中身はしっかり覚えている。中年になって物忘れも増えてきているのにクリアに覚えているというのは、コンテンツがそれだけショッキングだったということだ。

夕食が済み〝ドクターなんとか〟（なんとかは当然忘れている）というドラマを二人で見ている時だった。職業柄か和泉は医療系のドラマが好きで、「それは違うでしょう」とか「イヤイヤ、だめだめ」とダメ出しをしながら集中する。ＣＭに切り替わった時だった。

「ア、ちょっと話ずれちゃうんだけど、いい？」

と、殊勝な前置きをした後に革命的な話をしだした。

「私の専門外だけど、アレってどうして性器っていうんだろうね。アア、生殖器ともいうか。でもさ、何かを命名するっていう時は、使用する頻度が高いのにするんじゃないかな？　だったら尿器よね、ぜったい！　泌尿器科って言うのにさ。セックスの回数と排尿の回数って、誰がなんと言ったって明らかでしょ。排尿よりセックスの回数が多い人っている？　セックス依存症の人だって無理でしょ。排尿は生まれてイヤイヤ子宮にいる時からしてるっていうのに、セックス可能な期間なんて、どんな性豪さんだってマックス……」

エーッと、と和泉が指を折りだす。右手の人差し指で左指を一本ずつ折っていく。雄一郎は、せいごう……あの性豪か？　何か久しぶりに聞いた気がしたと、和泉の指を見ながら、そんなことを考えていた。

「……長生きしたって60年くらいのもんでしょ。排尿ってだいたい1日に5、6回じゃない。頻尿の人だったらもっとだし。毎日5、6回セックスする人っている？　しかも毎日よ、毎日！　無理よネェー」

最後の部分は力が入って、ウンと伸ばした。

「でもさ、種の存続とか子孫繁栄を考えたら、不可欠だよね。重要性を優先した命名だったんじゃないかな」

ちゃんと話を聞いていたのを証明するため、とりあえずまじめに反論した。

「そりゃあそうだけど、尿が出なくなったら死んじゃうのよ、尿毒症で。死んだら元も子もないでしょ」

ご明察！　何の反論もできなかった。

その通り、と言おうとしたところでCMが明け、また和泉は画面に集中しだしたのだった。

その日以降、トイレでの雄一郎は、両膝をできるだけ前に折り左手を前方の壁について体重を支え、上体を前傾させるアクロバティックな姿勢をとった。そして、右手で捧げ持ったミサイルを可能な限り便器に接近させ、可能な限り出力を抑えながら用を足すという涙ぐましい努力を続けた。もちろん、飛び跳ねを少しでも防ごうという苦肉の策であるのは言うまでもない。上下運動はしないものの、トイレの中でスクワットをしているのに限りなく近く、運動不足の雄一郎の太ももがプルプルすることは何度もあった。

そんなつらい姿勢をとってまで和泉の要望に応えなかったのは、長く正義だと信じていたことに背き、考えもしなかったことを強要されるのに大きな抵抗があったからだ。大げさに言い換えるなら、己の矜持にも似た思いのせいだった。

終了後は便器の縁や周囲に目を凝らして確認する緻密な作業も怠らなかった。そのために、トイレの側面の壁についている棚に専用の老眼鏡を置いた。「トイレで新聞読むのはイヤよ」と和泉はクレームをつけたが、本当の理由は明かさなかった。最低限、肉眼的汚染は残したくないと、便座や床をトイレットペーパーで拭く手間も惜しまなかった。

それは、「相変わらず跳ねてるなぁ。ひょっとして例の採尿ホースって、ディスポじゃなければＤＩＹでも作れるんじゃないかな？」と、和泉が言い出しかねないと危惧したからだった。

半月ほど前、和泉のワーキングデスクの上にそれらしきレイアウトの設計図面を見つけた雄一郎は、驚愕するとともに、事は危急を要する問題だと認識した。和泉の手先のスキルは父雄介のレベルとは比較にならず、日々それを発揮していることは雄一郎が一番よく知っていた。その図面が例のブツのものであるのかどうか、何も気がついていないふりをして訊いてみる手もあったが、口に出したそばから目が泳いでしまいそうで、やめることにした。自ら墓穴を掘る必要はない。

そんな無用とも思える気遣いがしばらく続いた。雄一郎の努力の甲斐もあり、トイレのことで和泉がこぼす割合はグッと減ったが、トイレから出てきた後に物言いたげな視線を送ってくることは何度かあった。口に出さないのは、雄一郎がなんらかの努力をしているのを感じた和泉なりの優しさだったのかもしれない。

（2）

悪魔に魂を委ねたかの如き和泉の企みを聞いてから、ひと月ほどたった頃だった。

帰り支度をしていた雄一郎のスマートフォンがブルブルと震えた。慌てて内ポケットに手を伸ばす。条件反射――和泉にトレーニングされた犬になる。かけてきたのが和泉なら急いで出ないといけない。少しでも反応が遅れると、帰宅後のリビングは取調室と化す。黒焦げになってしまうほどのやきもち焼きの和泉は、時と所を構わず所在確認の電話やメールを頻繁に送ってくる。和泉自身、超のつくほど多忙な身でありながら、どうすればこんなにマメにできるのだろうかと不思議でならない。

今回は取り出そうと手を入れた時だったのでホッとしつつ、余裕でドラッグする。

「もしも……」

と話し始めたとたん、

「あった、あった。エビデンス、エビデンス！」

ダブルビートなのでかなりエキサイトしている。そのボリュームの大きさに一度は耳から離し、焦点の調節をするため頭を後ろに引いてスマホの画面を見つめた。気を取り直して何事かと再び耳にあて直す。

「どうしたの、いったい？」

と問いかけてみたものの、早口でまくしたてていて、雄一郎の問いは無視された。興奮状態の中、言葉の端々にトイレだのエビデンスだのが発せられているので、ひょっとして例の一件なのではと当たりをつける。何年もの間、河口家の懸案事項であったトイレ問題である。しかし、それの何がエビデンスなのだろう。自分のテリトリーで言えば〝証拠〟ってことだろ？　と雄一郎はスマホ片手に考え込んだ。

「……だからさぁ、見つけたのよ、ロンブン、ロンブン」

ロンブンってあの論文か？　だったらトイレの話ではないのかと、胸をなでおろす。

一つもわかってはいなかったが、

「わかった。わかったから家でゆっくり話そうよ。電波通して話すよりいいだろ。今からまっすぐ帰るからさ」

「……ン……わかった」

最高にシンプルな返事とともに、プツンという音もせず電波は途切れる。帰ればわかることだ。あの調子では不吉な話ではあるまいと、耳から離したスマホの無機質な画面をながめた。

便利で役に立つが、煩わしい見張り役ともいえるスマホを、スーツの内ポケットに入れる。最後の仕事が長引いたため戸締まり役となった雄一郎は、反対側のポケットからLOVEと象ったキーホルダーを引っ張り出した。去年の誕生日に、大事にしてね、というコメント付きで贈られた和泉からのプレゼントは、金色の光を放ちながらクルクルと回った。

20年近く歩き慣れた道を早足で駅へと向かっていた雄一郎は、何度ダッシュしてこの道を急いだことだろう、と考えていた。遅刻しそうになったからではない。それは、身に覚えのない疑惑を釈明するためのダッシュだった。それもこれも、病的に嫉妬深い和泉がすべての根源だった。

自分以外の女は、時として娘の久美でさえも嫉妬の対象になった。仕事柄、雄一郎は社会的事象に触れることが多いため、話題も豊富で映画や音楽など幅広い興味を持っていた。一方和泉は閉鎖社会に身を置いているせいなのか、専門分野以外の話題や知識はほぼゼロに近い。夫と娘が最近の話題について楽しげに笑い合っていても、和泉は疎外感と嫉妬で二人を睨みつけることがあった。私だけ仲間外れにして、と雄一郎と久美が言われなき誹《そし》りを受けたのは一度や二度ではない。

そして、事あるごとに、イヤ、事もないのに雄一郎は疑いの目を向けられた。最悪だったのは、真っ昼間のキャバクラ疑惑だった。秋葉原のキャバクラに勤めるおネエさんへの給与未払い問題で、勤め先——当然キャバ店——に赴いた時だった。例のごとく、スマホのGPSで雄一郎がキャバクラにいるのをつかみ、電話をかけてきたのだ。

アリバイ——。

たまたま雄一郎がスマホをバイブ機能にしていたため気づかず、事は大ごとになった。

本来の目的ではなくて仕事だったんだぞ、と何度弁明しても、本来の目的ってどういうことなの！　と納得せず、しかも、昼日中から行くわけないだろと言えば、昼間じゃなければ行くってわけ！　と理不尽な抗弁をした。和泉が嫉妬深い性格であるのは雄一郎の勤務先の所長である吉岡も知っていたので、またかと苦笑いをしながらも証言してくれたため、和解が成立した。

底がまるで見えないくらい嫉妬深い、裏を返せば雄一郎をこよなく愛しているのだろうが、過剰な愛情ほど鬱陶《うっとう》しいものはない。和泉にとってはごくごくノーマルな感情なのだろうが、雄一郎にとっては異質で理解しがたいものだった。雄一郎とて、有能な医師であり主婦であり母でもある和泉を、尊敬の念を持って愛してはいるのだが……。

上着の胸の内側が震えた。そういえばまだバイブにしたままだった、と舌打ちして足を止める。光るディスプレイを見ると、やっぱり和泉だった。

「ゴメン、まだ乗ってないでしょ？　こっちもうちょっと時間かかるから、外で食べない？あと、そうだな1時間ぐらい。どっかで暇つぶししてくれる？　もう少ししたらメール入れるから」

雄一郎が発したのは最初の質問の後の「アッ」だけで、和泉の用が一方的に告げられた。

当初から答えは必要としていない。

さっきの電話からあまりにも短時間だったので〝所在確認〟ではないと思ったが、あの和泉のことなので可能性がないとは言えなかった。最近は時間差やフェイントというテクニックを駆使してくる。

久美の命名の時、あまりにも昭和的な名前を主張したためか、昔のカノジョの名前だろうと騒いだ和泉のことだ。愛情と束縛は和泉にとっては表裏一体と言えた。

(3)

メールで指定されたイタリアンレストランに着くと、「お連れ様がお待ちになっておられます」とスリムな体型をした長身のホールスタッフに席へと案内された。礼儀正しい迎えの言葉とは裏腹に、雄一郎を見る目に胡散《うさん》臭げな様子を漂わせている。同業者にもこういうタイプいるなぁと、のん気なことを考えていたのはほんのわずかの間だった。

イタリアンにしては大きめのテーブルの上に、プリントアウトしたコピー用紙をいっぱい広げ熱心に目を通している和泉が目に入った。お着きになりました、と知らせるスタッフの言葉も耳に入らないらしい。

おそらくこの集中力が、今の和泉をつくってきたのだ。そして、この集中力を日々発揮しているのだろう。

異色の空間が和泉の周りに拡がっていて、声をかけるのも憚《はばか》られるくらいだ。

いっこうに気づかない和泉に困惑して立っているスタッフに軽く右手を挙げて、後はなんとかする、と雄一郎はアイコンタクトした。

「お待たせ……」

資料探しに夢中になって前のめりの和泉の肩をたたき、隣の席に座った。今日に限っては、相対する席よりはこの位置のほうが都合がよさそうだと判断したからだ。テーブルの上に広げられた資料は、自分のためというより雄一郎に見せ説明するためのものであるのは一目瞭然だった。アルファベットが並ぶ白い用紙の肩に赤や緑の付箋が張り付けてあり、よく見ると文章に沿ってピンクのラインが引かれているところもある。

異次元からの呼び出しを受けたかのような顔をして、和泉が振り向いた。少々目が血走っている。

「すごいねぇー。いったい夕飯食べに来たのか、お勉強しに来たのか？　なに、この資料」

嫌な予感がした。が、その予感が外れることを祈った。

若い女性スタッフがオーダーをとりにきたが、雄一郎はメニューも受け取らず、シェフのお勧めのコースでいいよ、と言って、和泉に気づかれぬよう片目をつぶった。どうも今日のディナーは、パスタや肉料理がメインではなく、和泉が発見したという〝エビデンス〟とやらが主役のようだ。

一段落したのか、和泉はフーッと大きく息をついて、背もたれの高い椅子に背中を預けた。

「ゴメンね。英語の論文なんで間違いがないか確認してたの。ホラ、ここね、ここに……アァ雄ちゃん、あんまり英語得意じゃなかったよね。じゃあ私の訳を信じてもらうしかないかぁ」

情けをかけるように少し口ごもった。

「ネエ、最初から説明してくれないかな。何を話そうとしてるか全く見当つかないよ」

正確には〝全く〟と言えなかったが、この程度のことを言っておかないとイニシアチブはとれない。

「アハァー、ゴメン。以心伝心じゃなかったんだ。わかってると思ったんだけどな。マ、いいや。オシッコ飛び跳ね問題の解決策が見つかったの。というより、私の考えが間違ってないのが立証されたってのが正しい言い方かな、ホラ」

和泉は先ほどまで熱心に読んでいた蛍光オレンジ色の付箋がついたコピー用紙を差し出した。祈りはやはり届かなかった。

この場で話し合う内容であるかどうか疑問に思ったが、これほどの量の資料をかき集めてきた和泉の努力を無下《むげ》にすることはできず、とりあえずつき合うことにした。

「これね、出所《でどころ》はアメリカのH大なのよ。あのH大学。それなりどころか、かなり権威はあると思うんだ」

「ホントかい？　あそこでそんな研究してるの？」

関係があるとしたら物理系かと迂闊《うかつ》にも思ったが、いずれにしても大学でやるようなテーマじゃないだろ、と納得できなかった。

「大学でやるようなこと？」

雄一郎が言うと、右手で頬杖をした和泉は、わずかに考え込むようなしぐさをして、おもむろに口を開いた。

「大学ってさ、日本もそうだけど、半分以上はあんまり役に立たない研究やってるのよね。小学校の時に受ける授業のほうが実生活にはずっと必要じゃないかな。一生懸命研究してる人には申し訳ないとは思うけど、それってホントに必要なの？　って突っ込みたくなっちゃうのよね。それとさ、偶然雄ちゃんと私は大学が専門学校みたいなとこで、卒業してからも必要なスキルを教えてもらったわけだけど、せっかく最高学府で学んでもそれを生かせる職につける人って、そんなに多くはないよね」

和泉が意図して言ったかどうか不明だが、雄一郎は複雑な心境でその話を聞いていた。私立の有名大学の法科を卒業した雄一郎だったが、司法試験に3回失敗した後、久美の誕生を機にパラリーガルで生きてゆく決心をした。今でこそ経済力のある和泉だが、当時はほとんど無給の医局員で、その稼ぎに頼るわけにはいかなかった。一家の長として家族を支えなければという責任感が雄一郎にこの英断をさせたのだが、そこには何度も司法試験に失敗したという後ろめたさも少々混ざっていた。

と同時に、自由人傾向のある雄一郎は、口には出さずにいたが〝他にもやりたいことがいっぱいある〟とスッパリと弁護士への夢を捨て去った。

「その話はいいとして、ここよ、ココ！　グラフとか図があるからなんとなくわかると思うけど、この放物線が問題なのよね。目いっぱい端折っちゃうと、放物線の距離が短ければ短いほど跳ねないみたい。エエッと、便器内に溜まった水面からの距離が……ちょっと待ってね、どっか行っちゃった」

和泉はガサガサとテーブル上のコピー用紙をかき回し始める。

「とにかく、便器の面にぶつかって跳ねるのはもちろんだけど、放物線の途中から……」

何やら呪文を唱えるような独り言なので、わけがわからない。

雄一郎が頼んだお勧めコースの前菜を運んできた20歳前後と思しき女性スタッフが、両手に大きな皿を持ったままどこに置いていいのか迷っていた。

「……アメリカのポルノ男優さんだって……こんなに長くは……」

雄一郎には断片的にしか耳に入ってこなかったが、女性スタッフの顔がみるみるうちに赤くなったので、自分の聞き違いでないことがわかった。

「ゴメンね、散らかしちゃってて……すぐ片づけるから気にしないで。端っこのほうに置いといていいから」

彼女は小さくコクリとして、テーブルの隅に皿を置くなり、サッと踵を返した。

その背中に向かって、

「スパークリングワインちょうだい。とりあえずひとつでいいから」

と言った後、

「雄ちゃんはあまり好きじゃないからいらないよね、アワアワ」

とついでのように雄一郎に訊いた。あんなに資料に集中していたのに、意識の広がりは高性能レーダー並みだと、雄一郎は舌を巻いた。

「ネェ、そんなアルファベットがいっぱい並んだ文章、どうでもいいからさ、結局はなんなの？　考察なんかいいから、結論教えて。せっかくそんなに調べてきたのに申し訳ないけど」

「そうね、ア、これはいいのよ。自分が納得したくてリサーチしたんだから。もちろん自分の主張の裏付けが必要だったし」

もう少し労《ねぎら》いの言葉をつけ加えてもよかったかなと雄一郎は思ったが、意外にも和泉はあっさりしたもので、テーブルの上に拡がった資料を片づけ始めた。揃えたコピーを最後にトントンとし、居ずまいを正した。

「結論を……ということなので途中の説明を割愛します。必要がある時は、これ家に置いとくからいつでもどうぞ。マァ正確には〝エビデンス〟とするには少し遠いけど、とりあえず実証はされたということで認めてほしいな。雄ちゃんの矜持に反するかもしれないけど、前々からお願いしてるように……座ってオシッコして」

和泉の口調は静かで丁寧だったが、その表情は有無は言わせないぞ、と恫喝《どうかつ》しているのに等しかった。お願いという言葉とは裏腹に、既に結審したも同然だった。雄一郎の目をのぞきこむようにしてうっすらと微笑むと、傍らのシャンパングラスを持って満足げに飲み干した。

「アー、おいしーい」

この一言で、40年以上続いてきた雄一郎の歴史の一部が幕を閉じた。それはなんということなどないのかもしれないが、父雄介の作った中途半端な踏み台や、気にしなくていいのよと言って頭をナデナデしてくれた母淳子の優しさや、〝自立〟を目指した雄一郎自身の涙ぐましい努力を、一切否定してしまう一言だった。

どうであれ、しゃがみスタイルをトライしてみようと、アワアワを飲み干してお代わりを注文している和泉を眺めながら、雄一郎は決心した。つまらない意地を張っているのも大人気ないし、そうすることで和泉のストレスが減るのなら、喜んで……というわけにはいかないが、協力するのはそれほど難しい課題ではない。

トイレに入ってクルリと半回転しようかどうか迷っている自分が頭の中に浮かんだが、すぐさま消去機能が働いた。

バリバリ、ガリガリという音が雄一郎の耳だけでなく、店内全体に響き渡っていた……に違いない。全席20数席ほどの洞窟を思わせるレストランは、8割がた席が埋まっていたが、聞こえてくる音といったら静かに流れるBGMと隣の席の女性客の声くらいだ。そんな中でコンクリートを打ち砕く掘削機のような派手な音は、そこにいた全員に届いていたと断言できる。

それは、意識を食欲にシフトした和泉が、スカンピの殻を食い破っている音だった。

「ウン、これおいしい。ネェ、食べて」

と言いながらも、目は獲物を見つめ一心に齧りついている。

雄一郎の乏しい知識では、スカンピなるもの、あの背の部分の柔らかな身――食べられるのってこれだけなのとガッカリしてしまう――を食するものだったのだが、彼女にすればあのスタイリッシュな爪の部分がどうしても気になるらしく、果敢に挑んでいたのだ。

「ネェ、おいしいけど食べるの難しくない？」

と眉間にしわを寄せ下顎を不規則に動かしながら不平をもらしたが、雄一郎にはどうしても、甲殻類を食べている人の食べ方ではなく、肉食獣が獲物の骨を断ち切っているようにしか見えなかった。

「大丈夫かい、歯」

「何？　ハ……って」

雄一郎が和泉の口もとを指さすと、アァ、差し歯だけどけっこう高性能だから、と答えて、また破砕作業に戻った。

和泉の勧めに従って、有効食用部分が2、3割のスカンピを皿に取る。常識に逆らって爪の部分を齧ってみたが、やはり難敵だった。自分の常識が正しかったと和泉を見ると、上目遣いをしながら、こうしてチューチューするのよと言って実演して見せた。

彼女の言う通り、ほのかにニンニクの効いたオリーブオイルで軽くグリルされたスカンピは、その背肉に限ってはとてもおいしかった。和泉がトライする理由もわからないでもない。

スカンピにしてみれば、ここまで隅々まで捕食してもらえれば気持ちよく成仏できるだろうし、シェフにしてみれば、料理人冥利に尽きるというものだ。

「ちょっとエイリアン思い出すな」

若い頃に観たＳＦ映画の映像が、雄一郎の頭の中を過ぎった。

「何、それ」

和泉はあまり興味がないらしく、片肘をつきスカンピの殻をフォークの先で突いた。

スカンピに満足したかどうかもわからなかったが、まだ何か言い足りないような顔をして、和泉はドルチェの白い皿をながめている。心なしか、店のスタッフたちが自分たちのテーブルを遠ざけて移動しているような気がしていた。ドルチェが何かも説明せず、皿を置いたそばからいなくなってしまう。頬を赤くした女性スタッフは姿も見せない。危なそうな客なので行かなくていい、と先輩スタッフから言われたのかもしれない。

「今回の話だってそうよ。それはね、体の構造自体が違うんだから排泄の方法だって違うのはわかるわよ。でもね、お互いの異なる部分を各々が気遣って気持ちを共有するのよ。肉体より精神が優位を占めるってこと！　だからさぁ」

スプーンを雄一郎のほうに振りかざしながらたたみかけた。スプーンを向けてしゃべるのはやめろ、と内心ムカついた。酔っぱらっているのを差し引いてもそれはない。

「正論かもねぇー」

と、いかにも同調していないとわかる言い方をする。

摂食をしながら排泄の話というのは流れとして筋は通っていなくはないが、正しい選択なのかどうかという思いが、雄一郎の頭の中を過ぎった。その疑問が一瞬だけだったのは、和泉が上半身を乗り出して「ナニ、そのどうでもイイヨ感」と威嚇してきたからだった。

それでなくとも厄介な思想の持ち主である和泉は、アルコールが入るとその厄介さに拍車がかかる。最初は可愛らしくワングラスで注文していたものの、いつの間にかワングラスがワンではなくなってくる。しかも、お代わりのたびにホールスタッフが飲み終えたグラスを持ち去るので、何個目のグラスになっているのか不明だ。

毎回これだよな、と嘆息しながら、雄一郎は和泉から視線を逸らし、冷めたコーヒーを飲み干した。

（4）

住環境の洋式化という言い方自体ひどく古臭くなってしまったが、このような議論がなされるようになったそもそもの始まりは、洋式トイレの普及にあると言ってもいいだろう。立っても座っても兼用でき、一つの便器でこと足りる利便さは、高度成長期の隠れた大ヒット商品とも言える。

その利便さゆえに忘れがちになるが、（和泉に言わせれば）立ちタイプの至近距離からの発射とは違い、洋式トイレで立ったままするとオシッコの成す放物線の距離はその3倍以上を要する。

また、年とともに拡散の範囲は狭まるが、その代償として、ことの終了前後に本人の意図とは関係なく直下に垂れ落ちる可能性が高まる。自覚がないのも困るが、それ以上に自覚したがらないという厄介な男のメンツと微妙に相まっての汚染となる。このへんはデリケートな問題なので、和泉も攻め込むのを躊躇した部分だ。

冷静に考察すれば、立ちタイプであれオシッコ跳ね返り問題は常に伴い、目に見えぬ汚染はズボンや便器周囲に広がっているに違いない。立ちしょんタイプは立ちしょんタイプなりのジレンマを抱えている。

駅やデパートで立ちしょんタイプを使用する時、雄一郎はホッとするとともに郷愁にも似た懐かしい気分になった。しかし、ことを始めると和泉の話を思い出してしまい、この瞬間にも自分のズボンに跳ね返っているのでは……という強迫観念に襲われ、〝一歩前にどうぞ〟という目の前のステッカーを無視して一歩後ろに下がってしまうのだった。

近頃は、若者の間では便座に腰かけてのオシッコが常態化しつつあるという。もちろん、その飛び跳ねで周囲が汚れることが認知されてきたからだった。しかし、住を同じくする相棒の依頼だからとはいえ、おいそれとイエスと返答してしまう若者の軟弱さを、雄一郎は理解できなかった。

臀部を丸出しにして腰を下ろして小用だけをするというのは、以前の男の文化にはなかった。そのため、当初は小用のために座っても条件反射は抑えがたく、それまで感じなかった便意がフツフツと湧き上がり、そのつもりもなかった行為を成すハメになったりもしていた。そのたびに雄一郎は人体の不思議に感動と畏敬の念を抱いた。

和泉に相談してみると、「アラ、お通じよくなっていいじゃない」とスルリとかわした後、「そんなのは脳に覚えさせるのよ」とサラリと言い放った。

何やら、反射とは脳を介在しない反応らしいので、その条件を意図して脳に覚えさせる必要があるのだそうだ。なんとなく面倒くさい。

「便座には座ったけど〝オシッコ〟なんだよ、と脳に学習させるの。座ったって〝オシッコ〟だけの時もあるんだよ、って」

教えられた通りのイメージトレーニングを1カ月もした頃から、前と後ろの機能がそれほど意識することなく区別できるようになってきた。今では、トイレのドアを開けると、体を反転させズボンをずり下げ便器にまたがるという動きが、一連のスムーズな流れで執り行うことが可能となった。もともと1日に一度ぐらいは経験しているのだから、できないはずがない。その目的意識を変えるだけだった。

ライトな拷問のような変則的な姿勢をして、快感よりも苦痛を伴う行為をなぜ続けていたのか、今思えば不思議でならない。2ステップほど余計な手間がかかるが、大だと思えば同じステップを踏むわけだし、何より座ってしまったほうが精神衛生上ずっと好ましい。和泉がいつか言っていたアルゴリズムそのものではないか。

便器の縁をトイレットペーパーで粛々と拭く作業を思い返しながら、雄一郎は快適な便座の上でまた感慨に耽った。

雄一郎

(1)

ネットの情報では駅から歩いて3分という近さだったが、よほど早足の人が歩いて測ったのか、その3倍以上の時間を歩いた頃、ようやく目当てのライブハウスのネオンサインが見えた。4階建ての雑居ビルの地下にある小さなライブハウスでは、今晩、雄一郎と同年輩の中年バンドが出演する予定になっていた。ドームツアーをするような有名バンドより、若い頃の夢をいまだに追い続けているおじさんバンドが好きだった。そして、チャンスがあったら自分も……という気持ちが近ごろ芽生えてきていた。

高校の時夢中になって練習していたギターも、年を重ねるとともに〝演《や》る〟から〝見る〟に、そして〝聴く〟に変化していった。あの頃かき鳴らしていたギターは、今も実家の押し入れの奥で眠っているはずだ。

雄一郎が再びギターを手にしたのは、去年の夏のことだった。そのきっかけは他愛のない出来事とも、千載一遇の出来事ともいえた。

仕事で出向いた神田にある老舗からの帰り道、御茶ノ水通りを汗だくで歩いていると、【それはオレだから惑わなかったの。オーディナリーピープルはどんどん惑っちゃって！】という妙なコピー看板を首にぶら下げた張りぼての胸像が目に留まった。コピーの内容と長いあごひげを持った容姿から、あの孔子様かと思われたが、それにしてもこの暑さの中、やけに涼し気な顔をしている。

言わんとしていることはなんとなく理解できるが、楽器店の前のディスプレイとしては相応しくない気もした。ショーウィンドーに目を向けると、たくさんのギターが陳列されているのが見える。

誘うような孔子様の流し目に魅せられフラフラと入口に近づくと、小さな音をたてて自動ドアが開いた。センサーの範囲をかなり広くとってあるに違いない。これで入らないわけにはいかなくなった。店主のあざとい思惑がありありだ。

冷気が一気に流れ出てきて、吸い込まれるようにして雄一郎は店の中に入った。暑さしのぎのウィンドーショッピングもいいだろうという軽い気持ちだったが、ガラス越しに外から見た店内とは違い、様々なギターが生き生きと自己主張しているようで、若かった頃の青い情熱が押し寄せてきた。

「イラッシャンセェー」と、語尾が不安定な東南アジア系なまりのかん高い声が奥のほうから聞こえてきた。ときどきコンビニや居酒屋で聞く、いらっしゃいませの変形バージョンとはまた趣が異なっている。

いくつかの偶然が雄一郎を覚醒させた。

たまらない暑さの夏の午後。

楽器店の多い御茶ノ水通り。

店頭で誘惑する張りぼての孔子様。

惑っていいよというふざけたコピー。

そうした複合要因が相まって、雄一郎のギターへの想いを甦らせた。

ギターであふれかえっている店の中を、ゆっくりと歩く。

圧倒的な数だ。自然と胸が高鳴ってくる。

「よかったらお取りしまっしゅ。弾いてみるといいでっしょ」

雄一郎の背後から、さっきの語尾が変な声が聞こえた。振り向くと、陽に焼けた黒い顔がニコニコと笑いかけている。目鼻が大きく髪もザンバラで、やっぱり東南アジアあたりのリゾートでサービス係をしているネイティブにしか見えない。

アロハシャツの胸のネームプレートを見ると、〝カスタマー係　石川〟という文字。帰化したのでないとすると、顔の造作や言葉が変なのは単に個人の問題で国籍とは無関係なのかもしれない。

「若い時さんざ遊んで、ずっとお休みしてて、40になって惑ってるタイプでしゅね？」

客に対してちょっと失礼な物言いだが、その顔でニッとされると怒る気になれない。〝さんざ〟なんていう単語を知ってるってことは、やっぱりネイティブジャパニーズなのだろう。

「さんざってほどじゃないけどね。確かに店に入ったら惑ったね」

「多いでしゅぅ。スーツをビシッと着た中年のお客しゃんでしょうゆう人」

滑舌が悪いだけの話か？　下顎が不思議な動きをする。

「だからあんなコピーで誘い込んでるの？」

雄一郎は、入口のドアのほうに親指を向けニヤッとした。

「アッハァー、やっぱりあれで入ってきちゃいましたぁ。うちのオーナーが論語読みで、自分らは何がなんだかわかりましぇんが、自分で作ってきて、これを置けって言うんでっしゅ。でも、お客しゃん増えてるんでしゅよにぇ。お客しゃんと同じくらいの年頃の男の人ほとんど」

君らみたいな若者にはわからんだろうな、あのコピーの凄さは。君のオーナーの手腕は称賛に値する、と雄一郎は口に出しかけたが、説明するのも面倒そうなのでやめにした。

石川がいみじくも言ったように、雄一郎は我知らず惑っていたのかもしれない。これまでの人生、着々と築いた軌道に沿ってなんの疑いもなく歩いてきた。よそ見をしたり、はみ出したり、なんの疑問も持つことなく……。自分では優等生でいたつもりはないが、真面目な人生を送ってきたなと感心してしまうほどだ。しかし、40歳を目前にした頃から、そろそろターニングポイントなんだなと冷静に自分を見つめるゆとりができてきた。そして、『河口雄一郎』と認識されている自分とは少々かけ離れた『河口雄一郎』になりたいという願望が、日々増大していった。

そう、雄一郎は惑っていたのである。

「ムシにでもなりたいの？」と和泉には冷笑されそうだが、「女なんかにわかってたまるもんか」と、法的には問題のある啖呵《たんか》を切ってしまいそうだった。変身願望！　と一口で言ってしまうと元も子もないが、要は今の自分ではないなんの束縛も受けない自由な存在になってみたかったのだ。

なにも、黒い網タイツをはいた女王様に鞭でおしりを叩かれたいわけでも、赤ちゃんプレイで「ヨチヨチいい子ねぇ」とおむつを替えてもらいたいわけでもなかった。それはさすがに究極すぎる。

ひょっとしたら、たったひとつのギターという触媒を加えることで自分の中に化学反応が起こるかもしれないと考えたのだ。


カスタマー係石川は、人当たりのいい笑顔が武器だとでもいうように、思いっきりニコニコしている。が、こういう惑ってるタイプは必ず買って帰る、と心の中では踏んでいるようだ。悪いヤツではなさそうだが、オーナーに鍛えられているのか、商売は上手いのだろう。

石川が陽に焼けた顔をわざとらしく右上方に向けると、そこには、雄一郎が高校時代に夢見たマーチンやギブソンといった憧れのブランドが、これ見よがしにディスプレイされていた。

「いいでしゅぉ、このへんお好きでしゅぅ?」

自信満々の上、したたかさがあふれている顔に少々むかつき、雄一郎は興味のなさそうな空々しい表情で、あさってのほうを向いた。

「アリッ、エレキのほうがいいでしゅか？」

自信満々の商売用の勘が外れたと感じたのか、石川は少したじろぐ。

しかし、雄一郎は内心興奮していた。孔子様につられ、昔のギターとは違うだろうなという軽い興味も手伝い、冷やかし半分で店に入ったつもりだったが、そこは夢の世界だったのだ。

あの時、ギターを続けていたらどうなったことだろう。ギタリストになりたいというまでの強い想いはなかったし、音楽で飯を食っていこうという甘い考えもなかった。だが、大好きだったものから簡単に遠ざかってしまった若い日を思い出すと、カカオ88パーセントチョコの苦さが、雄一郎の口中に広がった。ほんのわずかな甘さといっしょに……。

そうだ。誰かに披露する必要もないし、それが自己満足と揶揄《やゆ》されようとも、海底を音もなく進む潜水艦みたいに秘かに静かにギターを始めてみよう。それは〝男のロマン〟と呼ばれるような壮大な理念ではなく、ごくふつうの男のちっぽけな願望だった。

「ペーパードライバーでしゅたら、ここでレッスンもやってまっしゅから大丈夫でしゅうよ。購入しゃれたお客しゃん、初回無料でっしゅ」

石川がミラーウォールに貼ってあるA４サイズの紙を指さして、またニコった。やはり商売上手な男だ。

「そうかぁ、じゃあ、いくつか見せてもらってもいいかな」

「どうぞ、どうじょ。こちらへ……。やっぱアコギでしゅかにぇ」

そう言って、何事もなかったかのように背を向けた。しかし、雄一郎は目撃した。メジャーリーグのアンパイアが脇の下をしめてする極小のストライクコールそっくりの石川のガッツポーズが、ミラーウォールに映ったのを……。


ネゴシエーター石川とのやり取りが1時間余りを過ぎた頃、雄一郎はスーツ姿で右肩にビジネスバッグ、左手にギターケースという、一見ミュージシャンの新米マネージャーかと見紛うようなかっこうで店を出た。「ありがとぅごじゃしたぁ」と勝ち誇ったような石川の声がすぐ後ろで聞こえる。
5、6歩踏み出したところで店を振り返ると、暑さ知らずの孔子様はまだそこにいて、道行く人になんとも蠱惑的《こわくてき》な微笑みを投げかけていた。
結局、雄一郎は、孔子楽器店3Fにあるギタースクールに週一水曜に通うようになった。それは、独学だった若い時とは違い、基礎からしっかり覚えたいと考えたからで、「ピッチピチの若い女の先生つけますよ」という歌舞伎町の客引きまがいの石川のセリフを信じたせいでは断じてない。「おまえなんかにそんな権限ないだろ」と侮っていたが、初めてのレッスンで顔を合わせたのは、音大でギターを専攻しているという〝ピッチピチ〟の女子大生だった。

決してそのせいではなかったが、レッスン日には万難を排しスケジュール調整に腐心した。ときどき店で顔を合わせる石川は、相変わらずの南国スマイルを顔に貼りつけ、「どうでしゅ調子？」と言いながら両手の人差し指をピストルのようにした不思議な動作をしてくる。憎めない男だ。

和泉に対しては極秘事項であったため、これまでに何度か「水曜日はいつも遅いんじゃない？」と詰問されたが、「クライアントの都合で毎週水曜に打ち合わせなんだ」と、多少声を上ずらせながら害のない嘘をついた。和泉の調査能力を軽視したわけではないが、悪いことをしているのではないと自分を奮い立たせた。

夫婦の間には秘密があってはいけないという絶対的なポリシーを持つ和泉に対する、ささやかな反抗のつもりだった。たかがギター一本の話だが、今の雄一郎にとって〝秘密〟は〝自立〟と同義語だった。

（2）

筆記体の〝Strawberry　Fields〟の電飾管は、Ｆの一部が消えかかっていて頼りなげな赤っぽい光を投げかけていた。その下には地下に通じる狭く薄暗い階段が続いている。独身の頃は似たようなライブハウスに何度も足を運んだな、と懐かしむように雄一郎はゆっくりと階段を下りていった。どんな演奏をしてくれるのだろうという楽しみな気持ちは昔と同じだが、あの頃のような高ぶる気分ではない。

20年以上も前の話だ。

両手をわずかに広げるとレンガ造りの壁に届くくらいの狭い階段を、雄一郎はゆっくりと注意深く下りていった。最近左の膝に痛みがあり、湿布を貼るのもしばしばだった。踏み外しでもしたら命にも関わる。階段どころか、わずかな段差でも気をつけようと心に決めたばかりだったからだ。

ギシギシと少々建て付けの悪くなった重たい木のドアを開けると、雄一郎は一瞬足を止めた。未知の環境に立ち入る時はいったん立ち止まり、周囲を確認してから再起動するという癖は、中年になってから得た知恵だ。一番の理由は視力や視野の問題で、長年酷使してきた両目は2、3年前から老眼と呼ばれる領域に入ってきていた。明るさを調整するのにも多少時間を要する。

小さな受付スペースは昼間の明るさではないものの、雄一郎にも優しい光量だった。スーツの内ポケットからチケットを取り出して確認する。チケットを差し出すと、スポットライトの当たっている下で、若い女の子が口もとに手を当て笑いかけてきた。驚いた雄一郎に「先生」とけっこうな大声を出す。

香おりちゃんだった。

医大生の香おりちゃんは、2年まではそんなに忙しくないですから、と週2で事務所にアルバイトに来てくれている。書類の整理や電話の取り次ぎもそつなくこなし、パソコンのスキルも高いため、ファームの貴重な戦力になっている。何より言葉遣いがきれいで丁寧なので、所長の吉岡や雄一郎ばかりか顔見知りのクライアントにまで可愛がられている。今では絶滅しかけている〝しずかちゃん言葉〟を駆使する、数少ない女子の一人だ。

「すみません、大声出しちゃって。さっきまで中にいて、ちょっと耳がおかしいんです」

今度は両手を耳に当て、ヘッドホンのようにした。

「ここでもバイト?」

「イイエ、今夜、父のバンドがここで演奏を」

と照れくさそうにした後、

「エッ、聴きにきてくれたんですかぁ？」

と大きな目をさらに見開いた。

「アレ、お父さんってお坊さん？　だったよね」

ハイ、と言って舌をペロッと出した。事務所では絶対見せない表情だ。

「母が引退勧告しても、いい年した坊主だからバンドやっちゃあいかんってお釈迦様は言わないよ、って知らんぷりです」

きっと孔子様も言わないだろうな、とフッと思う。

香おりちゃんが話を続けようとしたが、防音ドアが開いて大量の音がそれを途中で遮った。香おりちゃんに手を上げ入口に向かう。

体重をかけてドアを引くと、聴覚を刺激する音の波と触覚にまで訴える震動が雄一郎を襲った。


「まだばれてませんか？」

終演後、「ありがとうございました」の後に続いた香おりちゃんのセリフに、ちょっと慌てた。

事務所のロッカーにこっそり隠していたギターを出すのにもたついていた時、香おりちゃんに目撃された。たった一人の目撃者である香おりちゃんには、ギタースクールに通っている事実を話し、それは誰にも内緒であることを正直に告げた。インストラクターがピッチピチの女子大生であること以外は。何か大変な理由があると悟った香おりちゃんが、閉じた口に人差し指をたてたので、この時点で共犯関係が成立した。

誠実で口が堅いのが共犯者の条件だ。


〝ストロベリー・フィールズ〟を後にした雄一郎の頭の中には、止まらない機関車が走っていくと夕陽に映えるヤシの木の向こうにドーム型の建物が見えてくるといった不思議な光景を始めとして、ついさっき聞いていた楽曲のイメージが幾重にも重なって現れては消えていった。

ＪＲの駅に着くまでその幻想は続いたが、改札を抜けた瞬間、それは唐突に雄一郎の意識の中に滑り込んできた。

あのスキンヘッドで作務衣のような服を着たドラマーが香おりちゃんのお父さんに違いない。演奏が終わると毎回合掌していた。どこかで見たことがある。いつだったか。頭に浮かんだその疑問は、ホームに滑り込んできた電車の音にかき消された。

無意識に玄関のドアを開けると「遅かったのねぇー」と、和泉の不機嫌そうな声が聞こえてきた。

和泉と雄一郎　2

（1）

和泉は不審に思っていた。

今まで雄一郎に不信感を抱いたのは数限りなくあるが、今回の件はちょっと性質が違うような気がする。

結婚してから20年近くになるが、夫の雄一郎は良き夫であり、良き父親であった。和泉の度重なる疑念や妄想にも腹をたてたり声を荒らげたりせず、静かなる男を貫いていた。その姿勢を続けていたのが原因かどうかは判然としないが、和泉の中に〝従順な夫〟というイメージが勝手にふくらみ、この人は私以外愛せないんだという誤った認識を持たせる結果となった。当然、雄一郎にそんなつもりはない。

その思い込みは、徐々に「私が周囲の女どもから守ってやらなければ」「私なしではやっていけない人だから」という究極ともいえる母性本能に発展した。かなり捻れた、しかし和泉にとっては至極真っ当な理由のもとに、さらに立派な嫉妬心へと膨張していった。それでも、和泉にとっては〝嫉妬〟などという低俗な感情ではなく、聖女の持つ高尚な感情なのであった。

ほとんど誰もが「ヤキモチかよー」とあきれた思いを持つ行動であっても、和泉の中では十分に裏打ちされているので、他人の理解を得られようが得られまいがどうでもいい話だった。

2、3年前の話だ。

一時的に仕事の量が少なくなった時、所長の吉岡から有休を消化してくれという要請があって、雄一郎は3日間の休みを取ることにした。雄一郎が前々から切望していた休暇だった。年に1、2度は家族で旅行をしていた時もあったが、自由気ままな一人旅は、結婚してからは一度もなかった。念願の一人旅ができることに、雄一郎の心は躍った。

「今までそんなことしたことなかったじゃない！」

思いがけずとれた休暇を使って一人で旅行したいと提案した後の、和泉の反応だ。

〝したことないことはしちゃいけないの？〟〝したことないからしたいんだけど〟と、雄一郎はその言い草にあきれてものも言えなかった。

「だって私、すぐになんて休み取れないし」

一緒に行こうとは誰も言っていない。

「久美は誰が面倒見るの？」

高校生にもなった女の子をどう面倒見ろというのだろう？

どうも、どこかに出かけるとなると自分や娘をコミコミで考える癖がついているようで、和泉にとっては〝お出かけ〟は条件反射的に〝みんなで〟ということらしい。あるいは〝二人で〟か。

「この年になって、一人で出かけるからといってお伺いをたてなきゃならないのは、ちょっと悲しいな。理想としては、なんの予告もなくある朝フラーッといなくなるパターンだね。テーブルの上に『2、3日出かけてくるよー』なんてメモが残っててさ。寅さんのイメージかなぁ。かっこいいだろ、それって」

「心配でしょ、それって」

確かに倍賞さんも心配していたか……。

「それに、寅さんってしょっちゅうそういうことしてたんでしょ？　じゃなきゃあ、あんなパートいくつにもならないんじゃない？　私はよく知らないけどさ」

寅さんシリーズをパートいくつと言っていいものか疑問はあるが、芸能ネタに弱い和泉にしてはそれなりに正しい知識だ。それになかなか鋭いところを突いている。

「出かけた先で女の人と楽しく過ごすんでしょ？　マドンナ……だっけ？」

これもほぼ当たっている。

そんな機会があればパスするつもりはない。旅先で妙齢の女性と知り合いになるという、そんなドラマ仕立ての構図が脳裏を過ぎったのは否定しない。しかし、それは男の甲斐性として、ＤＮＡの中に古代から組み込まれている普遍的な願望だ。短い人生の中でそれくらいの悦びがあってもバチは当たらないんじゃないか。

雄一郎が何も答えず一瞬ニヤついたように見えたためか、神妙な顔つきで和泉は断言した。

「ゼッタイ……だめ。私、オペ、ミスしちゃう」

腕がいいと評判の形成外科医の言葉とはとうてい思えない。医者にあるまじき発言で、患者さんには絶対聞かせられない。

「どうしても、って言うんなら私も行く。オペの日、変えてもらえばいいんだから」

患者さんを人質にした婉曲な恐喝。

「2日や3日遅れても大勢に影響はないし。オペ失敗しちゃうよりずっといいもん」

医者になった時ヒポクラテスに誓わなかったか、と雄一郎は言ってやりたかったが、「ヒポクラテスだって男でしょ」なんていう訳のわからない異論が返ってきそうで、やめることにした。

そもそも、雄一郎の述べている趣旨を完全にはき違えている。一人の時間をゆっくり過ごしたいだけなのだ。誰かと出会うとしてもそれはあくまでも副産物だし、可能性がないに等しい。

しかし、こうなった時の和泉は、何をどう説明しても態度が硬化する一方で、円満な解決に至ることはまずない。

貴重な3日間だが、天気がよかったら公園に行って雲でも眺めてみようか。雨だったら寅さんシリーズのＤＶＤを借りてきて、延々と見続けるのもいいかもしれない。飽きたらネットサーフィンでもして、お昼にはうまいと評判の近くのピザハウスに行って、マルゲリータでも注文しようか。

そう、〝今までにしてきたこと〟をしていれば文句を言われることはないのだ。

その夜雄一郎は、メスを握った和泉が耳の後ろあたりに超小型の高性能ＧＰＳをこっそり埋め込み、得意の縫合でその痕跡さえも消そうとしている夢を見た。

（2）

和泉は不審に思っていた。

雄一郎がご機嫌なのだ。

和泉の勤務が遅くなる時は、なんと料理を作って待ってくれている。料理の腕は男としてはそこそこあるので妙なことではないのだが、よほどの理由がない限り雄一郎がキッチンに立つことはなく、きっとよほどの理由なのだという推測が成り立つ。

その上、めったに見ないテレビの歌番組をつけて、リズムをとりながら鼻歌なんか歌っている。何十年かぶりにＣＤを買っちゃったよ、などと大げさなことを言うし、浴室からは歌声まで聞こえてくる。これまでは、同僚とカラオケに行ったという報告も聞いたことがないのに……。

思い返せば、雄一郎の変化はかなり以前からだったのかもしれない。自分の仕事が多忙であったせいもあるが、雄一郎も仕事が順調にいっているのだろうと単純に考えていた。というより、雄一郎の優等生ぶりに安心していた。

油断した。

日頃寡黙で仏頂面をしているような夫ではなかったが、この変化はただごととは思えない。サラリーマンが一番浮かれるのは金曜日でしょ。なんてったってハナキンなんだから。ところが雄一郎の場合、おそらく水曜日にピークを迎えている。

いつの頃からか、水曜日の帰宅がやけに遅い。和泉自身が遅い帰宅になることもあるので、毎週遅いとは断言できないが、水曜日に何かあると和泉の直感が告げていた。クライアントの都合でね、と言い訳しているが、特殊な要件が影響を与えているとしか考えられない。年がら年中雄一郎をストーカーのごとくつけ回して確かめることはできないので、あくまでも和泉の特殊なスペックがそう反応しているだけの話であって、根拠は全くない。自分の仕事さえなければ、このモヤモヤした思いを払拭できる自信がないわけではない。和泉は雄一郎のほぼ百パーセントを把握しているつもりだったが、最近その自信が揺らいでいた。

和泉は、己の持つ洞察力と分析力を最大限駆使して、不安の解明にかかろうと決めた。長年培った能力だ。

しかし、こと自分自身に関わる事例においてはなかなかうまくことが運ばない。1週間のうちピークが水曜日ってことは……アレ？　これって正規分布？　などと関係のない事柄を理系脳は考えてしまう。

さらには、〝機嫌がいい〟という以外は大きな変化がないようで、分析のために取り込めるファクターが見つからない。自分の勘だけが雄一郎のただならぬ気配を捉えているだけで、具体的に何が、と問われると返答のしようがないのだ。

「アーッ、エビデンスが……ない」

和泉は落胆した。

和泉が不審に感じていることなどつゆ知らず、雄一郎は週に一度のレッスンを最上の楽しみにしていた。最近ではあの石川のにやけた顔を見ることさえ歓びとなってきている。石川の強引なセールスがなかったら、今の雄一郎はないのだ。

水曜日の夕刻の仕事は極力抑え、可能な限り5時退社を目指した。一時は週2で通えないかと画策したが、どんなに仕事を頑張っても逆にセーブしても、さすがに不可能で、その企みは失敗に終わった。

しかし、雄一郎は満足だった。

何も知らない他人からは〝たかがギターで〟と鼻で笑われそうだったが、この小さな変化は雄一郎にとって〝惑わない〟ための第一歩であり、大げさに言えば〝自己改革〟といってもいい変化だったのだ。

〝今までしたことのないそんなこと〟を今しているんだぞ、和泉。そう思わずにいられない時期もあったが、今ではそういう邪念も消え去り、純粋な気持ちでギターと向き合っていた。

雄一郎がレッスンを始めてから1年近くが過ぎた。若い頃の感覚や指の動きはなかなか取り戻せなかったが、焦る必要はなかった。上手になるのに越したことはないが、テクニックの上達が目的ではなかったからだ。

練習場所は近くのカラオケルームでなんとかなったが、練習のための時間を確保するのが大変で、次のレッスンまで一度もギターに触れないこともたびたびだった。

「先生、年相応の演奏ができれば十分ですから」と怠け者の生徒が懇願しても、「イイエ、私には責任がありますから」と由真ちゃんという名の女子大生インストラクターは、即座にこの願いを却下した。右耳に3つピアスをして、動きにくいだろうなと心配してしまうほどぴったりしたミニスカートをはいた外見とは似合わない、真面目なレッスンを続けた。おへその上あたりにもう一つピアスをしていそうな由真ちゃんは、雄一郎を一流のギタープレーヤーに育て上げようとしているかのようだった。

椅子にふんぞり返り、生足を組んで、手首を器用に使った気のない拍手をしながら「マア、おじさんだったらそんなもんじゃん。プロんなるわけじゃあないしさぁ」とでも言ってくれれば気が楽なのだが、由真ちゃんは「河口さん、何時間ぐらい練習しました?」と怖い顔で訊いてくる。「全然」とは答えづらく、練習をするために自分がいかに過酷な環境に置かれているかを告白しようかとも思ったが、それはあまりにも薄っぺらな弁解にすぎないと考えなおし、「スミマセン」で済ませた。

そのたびに由真ちゃんは失望したようだったが、気持ちを切り替え雄一郎を鼓舞してくれた。その熱意に雄一郎は感動し、それに応えようと、より一層精進した。そしてまた、この素晴らしい境遇を最初に与えてくれた孔子様に日々感謝するのも忘れなかった。

エビデンスが得られないのなら自らフィールドワークに出かけるしかない、と和泉は決断した。それはくノ一のごとく雄一郎を追跡することに他ならない。

結婚してこの方、雄一郎の周囲に女の影が付きまとったことは一度もない。〝女〟関係で和泉が大騒ぎしたのは何度もあるが、それらはすべて和泉の深読み……と言えば聞こえはいいが、根拠のない和泉の言いがかりに過ぎなかった。

今までは……の話だ、と和泉は気合を入れなおした。

机上の推測からは、水曜の夜に怪しげな何かがありそうなのはまちがいない。この半年ほどを総合的に分析すると、やはり水曜日に何かあると考えるのが合理的だ。あの雄一郎がまさか毎週水曜に休みをもらって何か企てているとも考えにくいので、仕事が終わってからと考えていいだろう。ケイタイの電源が切られているのも、その頃が多い。クライアントに会う時はだいたいオフにしておくので、終了してからも入れるのを忘れるんだ、と雄一郎は弁明するが、その言い訳をそのまま受け入れるつもりは毛頭ない。なんらかの作為が感じられるのだ。

水曜日の午後から、イヤ完璧なミッションのために、できれば丸一日休みをもらい、雄一郎の尾行を敢行しよう。その前には綿密なプランが必要だ。

和泉は考えた。

何事をするのにも基本的には同じ手順を踏むのではないか。しかも〝オペレーション〟――日本語では手術の意味も作戦の意味も持つ――ということは、手術の流れがそのまま生かせるのではないか。万全の準備を整え、シミュレーションを繰り返し、冷静に対応する。それらは手術をする際に毎回自らに課している責務であり、医師としての戒めでもあった。

和泉は、無意識のうちに、縫合する時の両手の動きをしながら、さらに考えた。切開線のデザインや方法、縫合糸の選択や縫合の仕方。そのひとつひとつが尾行の時の服装やその方法、エビデンスを確実なものとするためのカメラの選択や撮影方法にリンクしてくる。アァこのミッションを遂行するためにこの職に就いたのかと、思い違いしそうな和泉だった。

本人はその適合性にいたく満足していたが、なんとなくこじつけ感があるのは否めない。しかし、その時の和泉は本気だった。

和泉は、オペの前にするのと同じように、繊細なプランを立て始めた。術式に則って組み立てられていく雄一郎疑惑解明オペレーションプランは、大いなる狂気を孕《はら》みながら粛々と進められていった。

和泉

（1）

なんと言っても、一番大事なのは証拠写真だろう。

パパラッチや探偵事務所の調査員が、張っていた車の中や木陰からシャッターを切る音が、和泉の頭の中で響く。その後は、喫茶店の中でプリントアウトした写真の入った封筒を依頼人に渡すシーンだ。サングラスをした男がニヒルな笑いを浮かべる。

可能なら大谷クンを狙うスポーツフォトグラファーが持っている超望遠機能レンズを備えたものがいいのだが、時間がない上に、手に入れる方法も知らない。それに、その種のカメラは取り扱いが難しく一朝一夕では無理だという。せっかく決定的瞬間を撮ったはずの1枚が、ボケていたりブレていたりしたら元も子もない。エビデンスとなり得ないのだ。

これればかりは諦めるしかない。この一件が片づいたら、そうした望遠カメラのノウハウを学び、ドジャーススタジアムの外野席からあのユニコーンを狙うのをミッションインポッシブルにしてもいい。

最近ではスマホのカメラでほとんどこと足りていたので、こんなことで悩むとは考えもしなかった。スマホも進歩しているのでなんとかなるのではないか。

イヤイヤ、近頃は魔訶不思議なアプリがいっぱいあるせいで、せっかく撮った渾身の1枚を、これはフェイクでしょと雄一郎に一蹴される可能性もないことはない。ここに写っている女の人、盛ったでしょ、なんて。パラリーガルとはいえ、長い経験がある。

それでも、今手の内にあるアイテムでことを進めるしかないのだ。超望遠でもないスマホでは、かなりの接近戦を挑まなければならない。たぶん一発勝負。近づくためには自分を殺し、気配を消さなければならない。やはり、くノ一のスキルがいる。そして、その瞬間自分は嫉妬の炎を鎮め、冷静でいられるだろうか。和泉は心配になった。


和泉が写真を撮るのにこれほど固執しているのは、自分自身が最も大切にしているポリシーに起因している。

〝エビデンス〟がすべてなのだ。

それは、医師を志した当初から恩師や先輩医師から叩き込まれた、医学を学ぶ者としての基本だった。たとえ雄一郎が目の前で若い美女と抱き合っていても、それだけでは眼球という感覚器が単に像を結んでいるだけで、なんの意味も持たない。データを積み重ね、正確な考察をし、写真を添付することで最低限のエビデンスとなり得るのだ。これなくして雄一郎を追及するのは、和泉にとっては邪道なのだった。

尾行する際の服装もなんとかしないとならない。どのような服が尾行に適しているのか、ネットで検索する必要などないだろう。派手すぎず、地味すぎず、街や人に溶け込むような色や柄を選択すればまず間違いない。そのくらいの知識は世間知らずの和泉でも持ち合わせていた。

雄一郎が眠りについた真夜中、隣のベッドから音をたてぬよう起き出し、クローゼットルームに忍び込む。その時のために、前もって衣装をいくつか選んでおかなければならない。自分の家なのに、音をたてず忍び足で真っ暗な中を動いているスリルがなんとも快感だ。気づかれたらなんと答えようかというドキドキ感が、またたまらない。常日頃なんとも思わず行き来している廊下や部屋が、全く別物であるかのように存在している。赤外線ビームを潜り抜けていくトムをイメージした。敵の住処に忍び込んだトムはこんな気分なのだろうか。唯一和泉の推しであるトムは、いつも不可能を可能にしている。

クローゼットのドアを閉め、明かりをつける。ドアの隙間からわずかな光が漏れるが、雄一郎がトイレにでも起き出さない限り問題はない。

当然呼吸はしていたのだが、部屋が明るくなると、まるで今まで息を止めていたかのように和泉は大きく息を吐き出した。

色や形の違う様々な衣装が並んでいる。日頃気づかないでいたが、こんなにたくさんの服を持っていたのかと自分であきれた。ほとんど袖を通していない。買って満足の典型だ。こんなダサいの持っていたっけというものもけっこうある。たらふく呑んだ後に買ったものに違いない。

色や柄の派手なものはまず消去。最近頻繁に着ているものは雄一郎も見覚えがあるだろうから、これも消去。それでも3分の1は残っている。ここからが問題となる。

自分の記憶にない服でも、ひょっとしたら雄一郎がプレゼントしてくれたものであったり一緒に出かけた時に買ったものだったりすれば、雄一郎が覚えている可能性がある。尾行は気づかれないのが鉄則だが、運悪く目撃された時には見知らぬ他人になる必要がある。その時は覚えのある服かどうかで大きな差になってくるだろう。雄一郎の記憶にない服に越したことはない。だが、どれがそれか。

ひとつひとつを見ていくとけっこうユニークな服が多い。もし雄一郎に見られたら「アレッ?」と思われる服ばっかりだ。和泉は〝衣〟に関しても無頓着だった己をなじった。夫を尾行しなければならないという有事になるのがわかっていたら、街にあふれているユニクロの製品を大量に買い込んでいたのに、と悔やんだ。数が多くある割には役に立ちそうもない衣装に囲まれて、和泉は真夜中のクローゼットルームで途方に暮れた。

ベッドに戻った和泉だったが、クローゼットの中の衣装が頭の中でクルクルと回ってなかなか寝つけなかった。それでなくても、年のせいか最近寝つきが悪い。

返す返すもユニクロが悔やまれる。仕事帰りに買って帰るのも怪しまれてしまうし、見つかってしまえば「ヘェー、珍しいね。何買ったの、見せてよ」となるだろう。

考えるのに疲れ、うまい具合に眠気が襲ってきたところへ、逆行する閃きが和泉の脳内に走った。ン? 久美がいつか何か妙な柄のスカートをはいてなかったか?

なんなの、それ? と訊くと、エッ、ママ知らないの? カモフラージュよ、と、そんなのも知らないのかという目つきをしていた。

「何、それ?」

ともう一度訊いた。

「だからぁ……迷彩服って知らない? 自衛隊とかが訓練の時なんかに着てるでしょ。私のはグリーン系だからジャングルで戦闘する時かな。周りに同化して敵からも見えにくいのよ。今はみんなファッションで着るけどね」

確かそんな内容だったはずだ。自分の日常の中ではあまり聞かない単語がいくつか出てきたので、和泉は少しばかり混乱した覚えがある。

今考えれば、なるほど、とどのつまりがカモフラージュ柄というのは目立たないのだな、と結論を出すに及んだ。

和泉はあの時の情景を、会話の内容を、必死に思い出そうとした。他にも久美は何か言っていた。そう、カラーバリエーションがもっとあって、ブラウン系とかグレー系とか戦闘をするロケーションによって異なる色彩の迷彩柄を使うのだ、と言っていた。この平和な日本で〝戦闘をする〟の意味がよくわからないが、仮に雄一郎がクロだった場合、敵対行為に及ぶ可能性がないこともない。

それに、最近はほとんど聞かなくなったが〝都会はコンクリートジャングル〟なんていうフレーズがあったではないか。この迷彩服以外に選択肢はない。実際の街中を思い浮かべると、久美のグリーン系の迷彩よりグレー系のほうが目立たないのではと考えた。

ふとベッドサイドの目覚まし時計を見ると、二時半を回っている。が、眠気が襲ってくるどころか、ますます頭はクリアになってきている。さて、どうやって手に入れるか？

オペレーションの日は近づいている。仕事帰りにユニクロかどこかに寄って買い込むのが一番簡便だが、在庫があるかどうかもわからないし、帰りが遅くなると雄一郎に怪しまれるかもしれない。

「ネットショッピングだっ！」

インターネットで買い物をするなんて、今までしたことがなかったので気づきもしなかった。聞くところによると、多くの店があって迅速な対応も可能らしい。

そういえば、研修医の中でしょっちゅうそういう話をしているヤツがいる。外科的手技はたいしたことないが、コンピューターはお手の物らしい。口が軽そうで少し心配なところもあるが、ヤツにやらせよう。送付先も医局にすれば、雄一郎に気づかれないですむ。なんという素晴らしいアイデアだ、と和泉は自画自賛した。明日早速やらせよう、と意を決したところへ急速に睡魔が訪れ、和泉は眠りに落ちた。

(2)

「エーッ、先生がメイサイ着るんですかぁ」

和泉が例の迷彩服をネットで買ってくれるよう頼むと、鳩山というその研修医は大げさに驚いて見せた。

「メイサイってあの迷彩ですよね？」

「何、私が着ちゃあダメだっていうの？」

縫合もろくにできない青二才が。コンピューターの知識があるばかりにこんなヤツに依頼するしかない、と和泉は横を向いて舌打ちした。だいたい、准教授に頼まれたら「ハイ」の一言を返すだけでいいのに、いろいろと生意気なヤツだ。

最近の医局は歴史あるヒエラルキー構造が崩壊している。あの〝白い巨塔〟という言葉自体聞いたことがないという連中ばかりだ。ひどい時にはため口を利くヤツまでいる。昔だったら、教授や助教授には畏れ多くて口を利くのも憚《はばか》られたのに……。

「着るものほとんどネット買いしてる僕が言うのも変ですけど、実際に買いに行かれたほうがいいんじゃないですか？」

そんなのは検討済みなんだよ、鳩山クン。よけいなお世話だ。

「時間がないんだ。ネットの店で、とにかく明日にでも届くの見つけて頼んでちょうだい」

「いったい、何をそんなに急いでんですか？　自衛隊の訓練にでも参加するってんじゃあないでしょう？」

口の減らない若造だ。このくらいのジョーク飛ばしても叱咤されないだろうと、なめた態度をとる。

「なんでもいいから早くやって！　ゴチャゴチャ言ってると、研修の修了証出さないからね」

横暴なことだとは百も承知だったが、少し脅かしてやらないとこういう輩はつけ上がってくる。

「ヒェー」

と時代劇の小者が出すような声をあげて、やっとパソコンに向かう。

タイピングボードの上をずんぐりした指が高速で動く。そんな運動能力をどこに秘めていたのかと驚愕するほどの動きだ。これだけ素早く指が動くのに、どうしてコイツはいつまでたってもノロノロとした縫合しかできないのだろうと、和泉は首を傾げた。

向こう側の机で論文を読んでいた助教が何事かと首を伸ばしたが、いつもの准教授のヒスでパワハラではないと認めたのか、もとの体勢に戻ってまた続きを読み始めた。この程度の騒ぎは日常茶飯事だ。

「河口先生、いくつか出してみましたので見ていただけますか？　どういう用途で着るかですが、上はパーカータイプにしますか？　それともジャケット？　やっぱり戦闘服かなぁ？　下はスカートにします？　カーゴパンツのほうが動きやすいかな？」

「ウン、任せるよ。機動性のあるのを頼む。カラーはグレー系にしてちょうだい。サイズはレディス仕様ならM」

「けっこう渋い選択ですね。でも街中じゃああまり目立たないかもしれませんよ。せっかく日常のファッションからの脱却を狙ってるのに」

勘違いをしているようだが、それでいいんだ。目立っちゃダメなんだ、とは言えない。

「もともと保護色みたいな目的で考えられた柄なんでしょ。だったらその目的に沿おうと思ってね」

「全身フル装備ですか？　だったら帽子も付けましょうか？　ベレーがカッコいいかな」

「目立たなけりゃあ目立たないだけいいからね。必要ありそうなのは全部買っといて」

研修医鳩山は、准教授がなんのためにこんなに執拗にカモフラージュにこだわるのかを考えずにはいられなかった。これまでの展開でいくと、ただファッションとして着るとは思えない。万が一自衛隊の訓練だとすると茶系かグリーン系だし、ひょっとしたら都会の街を模して作ったセットでサバゲーでもするのだろうか。それとも、人質奪還のシミュレーションゲームなのか？　鳩山の頭にはその類しか思い浮かばなかった。

准教授にも意外な一面があるのだな、とニヤニヤしながら画面をスクロールしていた鳩山は、うってつけのアイテムを発見した。

「先生、顔そのままでいいんですか？　なんなら、フェイスペイントも一緒にどうです？」

まるで化粧品売り場のセールスレディーに新製品を勧められている気分になる。

「何、そのフェイスペイントって？」

「ホラ、シュワちゃんがよくやってるじゃないですか。着ている迷彩服と同じような色のペイントを顔にするんですよ。着るもの固めても、先生みたいに色白だと顔だけ浮いちゃうでしょ。だから塗るんですよ、顔に。もっと目立たなくするために、服と似たような色調のペイントを、ホラ」

ドヤ顔をした鳩山は、パソコンのディスプレイを和泉のほうにクルリと回した。その画面には、グリーンの迷彩服を身につけ、肩には軽機関銃だかバズーカ砲だかを担いだ筋骨隆々の男がこっちを睨んでいた。その顔は、日焼けサロンにずいぶん金を使ったなと勘違いしてしまうほど浅黒く、目の下の頬骨の辺りには横に黒っぽい太い線が引かれていた。

「ネエ、ここまでやらないといけないの？」

さすがの和泉も、少し心配になって尋ねた。

「絶対やるべきですね。どうせやるなら完璧にやらないと。先生、いつもそうおっしゃってるじゃあありませんかぁ、常に完璧を目指せ、って。先生の場合はグレー系ですからここまでガテン系にはならないと思いますよ。ちょっと強めに化粧をしたと思えばいいんじゃないでしょうか？　絶対お勧めです」

百パーセント、ゲームのために使うのだと確信してきた鳩山は、准教授のためならと変な義侠心を発揮しだした。それに准教授のポリシーにも適っている。

「そうか。じゃあそれも……。一番早く届けてくれる店にしてね。送付先はここね。それから、これ私のカード」

和泉のカード番号を打ちこみながら、准教授はどうしてこんな趣味を持つようになったのかと、鳩山は不思議でしょうがなかった。


翌日、午後のオペを終え医局に戻ると、待ち構えていた鳩山がウインク顔とピースサインで和泉を迎えた。まるで二人だけの秘密だとでもいうように、他の医局員の顔を窺っている。おまえと共犯で不徳な何かをしているわけではないぞ、と全面的に否定しつつも、鳩山と同じように周囲を見回しながら、和泉は隠すように段ボール箱を受け取った。想像していた以上の大きさだ。大きめのトートバッグを用意してきてよかったとホッとした。これでこの件では鳩山との関係は終了した、と胸を撫で下ろしたところへ、

「先生、僕、ネットショッピングとかテレビ通販で頼んで次の日に即届いちゃうのってあ

んまり信用してないんですよね。なんか残り物早いとこ捌《さば》いちゃおうって魂胆感じません？」

と嫌な話をする。

「こういう疑い深い性格、なんとかしなくちゃとは思ってるんですけど」

よけいな話をしてしまったと後悔しているようだが、〝疑う〟というのは科学に携わる者にとって大切な要素だ。

「そういう性格も、時には役に立つこともあるから落ち込むな。いろいろと世話になったね。それと、わかってるだろうけど、ここだけの秘密だからね」

私の持っている〝疑い〟はそんなもんじゃない……とは言えない。

段ボール箱を開けて中身を取り出すという危険な作業を医局ではやりたくなかったので、そのままトートバッグに入れてしまった。箱ごとバッグに入れるとなるとなかなかかさばり、不自然な形状のバッグになってしまったが、マァ良しとしよう。帰り道に職質を受けないよう祈るばかりだ。

無事に家に着き、雄一郎がまだ帰宅していないのを確認すると、和泉は取るものもとりあえず段ボール箱を開けた。〝またのご用命を！〟と印刷された納品書をクシャクシャに丸めると、こんなことが2度もあってたまるものかと毒づく。

透明なセロファンを破り、カモフラージュのセットを取り出す。グレー迷彩のパーカーやらTシャツやらベレー帽、小型のザックや、なんというのだろうあのムキムキの男がはいていたような……。ここまでやる必要があるのかと和泉はまた疑問に思ったが、あの鳩山が自信をもって勧めたので、とりあえずはいてみよう。他にもナイフホルダーのついたベルトやら、なぜかゴーグルまで同梱してある。あのバカ、どういうサイトを見ていたんだ。

この大きめのスティック糊のようなのがフェイスペイントか？　濃淡2色のグレーとくすんだ白、黒に近い濃い色の4本セットで、パッケージを開けるとペイントした顔写真が2枚入っている。今夜シャワーを浴びる前にでもこれを見て、一度練習しておいたほうが慌てないかも。雄一郎は今日遅くなるようなことを言っていたので、すべて着てみて問題がないかチェックしてみよう。オペの前にシミュレーションをするのと同じ理由だ。

鏡の前に立った和泉は、なんとも微妙な表情をしていた。こんな服装で街を歩いている人がいるのだろうか。少なくとも自分は遭遇した覚えがない。

久美にも鳩山にも、周囲の環境に同化して目立ちにくくするのが目的だと聞かされたが、その〝エビデンス〟は確立されているのかと疑いたくなる。そういえば、米国にはＦＤＡ

という保健や医療を監督する厳格な組織がある。その国の軍隊が採用しているのだから明確な〝エビデンス〟がきっとあるのだろう、と和泉は強引に納得しようとした。

が、それにしても……それにしても、だ。

イヤ、迷うのはやめよう。迷いは禁物だ。いくら時間がなかったとはいえ、ここまで準備できたではないか。オペレーションの決行は明日、迷ってなどいられない。

鏡の中の和泉は、迷彩服の色が異なるのと武器を持っていないという違いだけで、あのパソコンの中の男とほぼ相似形の姿で、決死の形相をしていた。

——水曜日。

いつものごとく雄一郎は朝早く家を出た。雄一郎のウキウキ感が伝染しそうで、和泉は離れた所で手を振った。和泉にとってはいつもの朝ではない。

丸一日の休みがどうしても無理だったので、午後からの半休を願い出た。午前中は外来患者のアポイントは入れず、病棟の入院患者のチェックだけにするのは予め教授に話してある。

「珍しいね、河口くん。ご主人とデートかい？」

と訊かれたが、

「イイエ、ちょっと……」

と言葉を濁した。ヒエラルキーの頂点である教授にもこれだけは極秘だ。

病棟から戻ると鳩山がすり寄ってきて、わざとらしい笑みを浮かべながら、

「先生、これからですか？」

と耳もとで囁く。少しばかり手助けをしたからといって、准教授との距離はおいそれとは縮まらないことを思い知らせてやろうと、和泉は口もとを引き、目を三白眼にして鳩山を睨みつけた。これだけで〝他言無用〟は十分鳩山に伝わったようで、急にオドオドとした態度になり、和泉の前から逃げるようにいなくなった。


和泉はフル装備をしてスタンドミラーの前に立っていた。少しは見慣れたせいか、昨日よりずいぶん違和感がない。フェイスペイントも、昨日よりずっと出来がいい。2、3分で終えてしまう普段の化粧とは比べものにならないくらいの長い時間をかけて、丹念にペイントしたせいだ。

始めてみるとそれなりに面白くなり、濃淡グレーと白のバランスを変えてみたり、口唇まで塗ってみたり、と鏡の前でだんだんテンションが上がってきた。渋谷あたりに出現する若い女の子の中にも似たようなのがいるので、市民権は得ているのだろう。一風変わっ

た厚化粧だと考えればいい。

すべての装着に1時間近くをかけ、さぁ出発と玄関まで来ると、靴がないのに気がついた。鳩山のヤツ、必要のなさそうなものまで買っておいて、肝腎のものを忘れている。ヤツのやりそうなことだとは思ったが、和泉自身も失念していた。靴箱の中を見回すと、カモフラージュとなりそうなものが見当たらない。まさかエナメルのパンプスやヒールの高い靴を履いていくわけにはいかない。仮にフェイスペイントを塗っても、機動性に欠けるし、なんと言っても足もとだけ別人だ。

久美のテリトリーにまで目をやり、適当なものがないか漁りだす。大きな星のついた白いスニーカー――これしかないかと、和泉は不本意ながらも引っ張り出す。これにペイントを施し、1センチほど大きいぶんはティッシュペーパーをつま先に詰め込めばなんとかなるだろう。久美が何か言ってきたら、間違って汚したので捨てたとごまかし、後でブランド物のスニーカーを買ってやれば文句はないだろう。

かなり焦っていた和泉は親としての品格を完全に喪失していて、詐欺師に近い発想をしているのをなんとも思わなかった。

フル充電にしておいたスマートフォンを忘れずにポケットに入れる。当然、バイブ。

尾行や監視の方法は、ネットの情報を少しずつ学習していたのでおそらく問題はない。

素人ゆえの拙さはあるだろうが、全身保護色と化した自分を見分けるのはたやすくないだろう。両耳の後ろ辺りにほんの微かな疑問と不安を感じながらも、和泉は玄関のドアを開け、戦場へと一歩足を踏み出した。

（3）

和泉は奇異に感じていた。

エントランスを出て間もなくすれ違った近所に住む老婦人から、

「お出かけですか？　素敵なお召し物で」

と声をかけられたが、その言葉と和泉を見る表情との間には大きなギャップがある。

「エエ、ちょっと……」

と下を向いたが、耳の後ろ辺りがムズムズとしてくる。速足で歩きだし、首だけ回して後ろを盗み見ると、微妙な笑顔で小さく手を振っている。

普通に歩け、普通に動け……ターゲットをロックオンするまでは、フツーに、フツーに。ロックオンしてからも、一定の距離を普通に追うのだ。頭の中で繰り返す。だが、新品の衣装はやけにガサゴソとし、普通に歩くのが難しい。こんなゴワゴワとした生地だったとは、昨夜の試着では気づかなかった。

そして、普通に歩行しているはずの和泉の周囲では、遠慮がちに送られてくる好奇の視線と、見ると不幸なことが起こるのではと避けようとする視線が交錯していた。顔を合わさぬよう下を向いて歩いていた和泉にはなんとなくしかわからなかったが、和泉とすれ違った人が視線を落として体を震わせていたような気がする。歩道脇で大きな身振り手振りで立ち話をしていた主婦の動きが静止し、コンビニ前でスマホをいじくっていた2人の女子高生は、和泉を見るとケラケラと笑い出し、遠慮もなしにスマホを向けた。

やはり何か変だと確信したのは、駅前のバスターミナルに着いた時だった。バス待ちの列にそっと並ぶと、前にいた女子高生が和泉を見て大声で笑い出したのだ。小さなヘッドホンを耳につけスマホを操作していたので、自分の笑い声の音量を把握できていない。すんでのところで、命より大事なスマホを落とすところだった。

「ちょ、ちょっとぉ」

と和泉は口もとに人差し指を当て、左手で女子高生の袖をつかんだ。痙攣一歩手前くらいに体を震わせながらも、女子高生は今はスマホを胸の前に抱き両手で押さえている。

「おば、おばさん。サバゲーにでも行くの?」

ヒクヒクとひきつりながらも、ようやく言葉が出た。涙目になっている。

「エッ、何？　サバゲーって？」

初めて聞く単語に、和泉は戸惑った。

「違うのぉ？　なぁーんだ、これから戦闘なのかって思ったのに」

確かに戦闘になるかもしれないけど、と和泉は彼女の眼力に驚愕した。

「マァ、そんなようなもんだけど。サバゲーじゃ……ない……かな？」

「エエーッ、だってだってガッチリ固めてるジャン。靴だけ変だけど」

と、和泉の足もとに顔を近づけて首を傾げる。

「でも珍しいね、その迷彩。デザート用？」

デザートってあのデザート？　いよいよわけがわからなくなってきた和泉は、いろいろと知識を持っていそうな女子高生に教えを乞うことにした。

「ネェ、サバゲーってなんなの？　全然知らないんだけど」

と、私の無知を笑わないでねという顔をして、訊いた。

「知らないで着てるの？　アッ、じゃあファッション？　だったらけっこうアバンギャルドだね。フェイスペイントも決まってるし」

女子高生は和泉の周りを回って、上から下まで観察し出した。当初は興味と好奇で眺めていた彼女以外の待ち人たちは、すでにどうでもいいやと無視をしている。

「やっぱ靴が惜しいな。そこは編み上げのブーツでしょ。アッ、そうかぁ。どこかワンポイントゆるくしちゃうっていう〝抜け感〟かぁ、やるね、おばさん」

おばさんという呼びかけがカチンとくるが、彼女の間違いを早く正してサバゲーの意味を訊き出さないといけないので我慢した。抜け感が何かもわからないが、この際無視しよう。

「ネエ、おばさん、本当にサバゲーって知らないんで教えてくれる？」

和泉にとっては自分をおばさんと呼ぶなど最大クラスの屈辱だったが、大事な情報を得るためなら背に腹は代えられぬ。

「サバイバルゲームのことだよ。そんなかっこうをしてるのに知らないんだぁ。ホラ、森の中だったりセットを作ったりして模擬戦闘するの。エアガン撃ち合うんだよ。ホント知らない？　やっぱファッションで着てるんでしょ？」

和泉の頭の中に白いモヤモヤが広がっていく。その中を迷彩服姿の自分が敵を探しながら前進してゆく。なぜか両腕にアーマライトを抱え、頭にはヘルメット。ジャングルなのか砂漠なのか、爆撃を受けた後のようなモヤモヤの中を進んでゆく……。

ふと我に返ると、すでにバスが到着しており、無視を決め込んでいた何人かが黙々とバスに乗り込み始めている。

唖然としている和泉に向かって、心優しい女子高生が、

「おばさん、乗らないの？」

と後ろを向きながらバスのステップに足をかける。無反応の和泉を見ると、面倒見のいい女子高生もこれ以上世話する必要はないと判断したのか、ヘッドホンをつけ直しバスに乗り込んだ。

バスターミナルに一人残った和泉は、走り去るバスを呆然と見送ると、完璧にペイントされた顔を、夕刻に近い上空に向けた。そこに戦闘機が飛んでいることはなく、茜色に染まった雲が浮かんでいるだけだった。


強迫観念に苛《さいな》まれ、周囲をキョロキョロと見回しながら、転ばない程度の早足で家への道を急いだ。高速ダッシュで帰宅しようとしたが、日頃の運動不足はそれを許さなかったし、詰め物をしたからとはいえ、久美のスニーカーはやはりユルユルで猛ダッシュをして帰るには無理があった。何度も往復している道がこんなに長く遠く感じたのは、初めてだった。

幸い知り合いとは顔を合わせず家に着くと、クルクルと顔を回して空き巣のごとく周囲

を確認し、震える手でようやく鍵を開けた。急いでドアを閉め、ロックとチェーンをかける。まるで変質者に追いかけられ、タッチの差でアパートにたどり着いた若いＯＬのようだった。

荒い息をして、悪夢を振り払うかのように何度も頭を振った。いつまでそうしていようとも、起きてしまった事実は消えるわけはなく、しかたなく「そんなことあったたっけ」と、自分の脳細胞をだまそうと試みた。しかし、極度に興奮してしまっている和泉の脳は、次から次へと今しがたの出来事を反芻《はんすう》し、これでもかこれでもかと攻め立てる。「クソッ……」と普段は嫌悪している言葉で悪態をつく。星マークも不明瞭になってしまった久美のスニーカーを脱ぎ捨て、壁に手をつきながら、力なく歩いてリビングに入る。

急いで着替えなくては……誰もいない家の中では意味のないその意識だけが先走る。

今となっては、見るのも虫唾《むしず》が走る迷彩模様。どうやって脱いだのかも記憶がないが、足もとにクシャクシャと丸まっていた。作った人にもネットの店にもなんの罪もないが、和泉はその衣装に関わったすべての人に呪詛の言葉を吐いた。行政指定の大きなビニール袋につっこみ、これ以上無理というほど固く結び目を作った。誰の目にも触れないように外の物置まで運び、その上に脚立だの段ボールだのを載せて、誰にも気づかれないようにした。

できるだけ早いうちに見つからないよう処分しよう。次の可燃物の収集はいつだったろうと考えながらドアを開けて中に入ろうとすると、

「お早いお帰りですね」

と、出かけに顔を合わせた老婦人に後ろから声をかけられた。チッと聞こえるか聞こえないかの舌打ちをして、急いで表情筋を調整し笑顔化してから振り向き、

「エエ」

と答える。

「娘のを借りてちょっとお遊びしただけですから……」

と娘を引っ張り出してごまかす。

「……ハイ?」

理解してもらうつもりもなかったので、では……と頭を下げ早々に中に入った。

よりによって、息まいて出かけた時と意気消沈して帰り着いた時に同じ人物と鉢合わせするとは。あの人の口は堅かったろうか、と和泉は記憶を引っ張り出そうとしたが、近所の噂にはまるで無関心だったので情報がほとんどない。場合によっては、菓子折りの一つでも持って口止めに行かなくてはならない。

混乱の中でひと仕事終え、ダイニングの椅子にぐったりと座りこんだ。元気に働いてい

た免疫細胞たちの多くが討ち死にした実感が、ひしひしと伝わってくる。出動する前に飲み残した冷めたコーヒーに無意識に手を伸ばし、飲み干す。いつもより格段と苦く、むせてしまう。

オペレーション以前に潰《つい》えてしまったプランの、どこからが誤りで、どういう経緯で悲惨な結末に終わったのかを一人カンファレンスした。今考えれば、ドラマや映画をそんなに見ない和泉だったが、迷彩服を着て犯人を尾行している刑事や探偵なんて見た覚えがない。ましてや、顔にペイントするなんてのも、ハロウィーンかサッカーの応援くらいしか思い浮かばない。

結局のところ、スタート時点であまりにも目立たないことにこだわり過ぎたため、大局を見失ってしまったのだ。誰もが着ているものを焦らず用意し、時間をかけてもっと入念に準備すればよかった。一日でも早く謎を解明したいという一心で、我を忘れてしまった。

これがオペだったら、医療ミスどころの話ではない。私としたことが……自己嫌悪に陥るとともに、術中に常に心掛けている〝急いては事を仕損じる〟という格言が、和泉を押しつぶした。

何時間かすると雄一郎が帰ってくる。

ことが成就していれば修羅場を演じていたかもしれない相手と対峙《たいじ》しなければならない。平常心で向き合えるかどうか、まるで自信がない。たぶん一番いい選択は、何事もないいつもの水曜日だったと雄一郎に思わせることだ。今の和泉にとって一番難しい演技をしなくてはならない。

4時間後、いつにも増してご機嫌な「ただいまー」が玄関から聞こえてきた。

(4)

水曜日に半休をもらった代替として、日曜の救急当番をしなければならなくなった和泉は、救急室の隣にあるリカバリールームの椅子に座って仏頂面をしていた。疑惑を何一つ解明できなかったどころか、自らの勘違いと鳩山にアドバイスを受けてしまったという重大な誤りのせいで、世間に醜態をさらしてしまった。

思い出すのも苦々しいが〝裸の王様〟そのものだった。下着一つつけただけでお散歩していたのと変わりがない。冷静になってあの時を思い出すと、すれ違った人たちの視線は間違いなく自分をあざ笑っていた。

そして、あのあっけらかんとした女子高生は「王様は裸だ」と笑った子どもそのものだった。親切心かどうかはわからないが、〝変な格好をしたおばさん〟に、笑っちゃうね、という意思表示をしてくれたわけだ。

本業では失敗と呼べるオペはしたことがない和泉だったので、このショックははかりしれない。精神的動揺を引きずり、今でも指先に小さな震えが走る。どうか自分の手技を必要とするような救急患者が来ないようにと、和泉は祈っていた。


その不埒《ふらち》な祈りは、無残にも砕け散った。

リカバリールームのドアがノックもなく乱暴に開けられる。少なくとも、女性でしかも准教授の地位にある人間が一人でいる部屋のドアを、ノックもせずに開けたのは例の鳩山だった。失礼にも程がある。よりによってこの研修医が当番の日にぶつかってしまった。コイツ、よけいな世話を焼いたばかりか礼儀のひとつも知らない、と和泉はもう少しで暴発しそうになった。

「先生、急患です。犬に鼻を噛みつかれたそうです。先生の腕の見せどころです」

誰に見せるのだ、と怒鳴り返すと思いきや、和泉はがっくりと肩を落とした。鳩山の言う通り、和泉の専門分野だ。あんなに祈っていたのに……。

噛みつかれた傷だけならまだいいが、変にちぎれていたら厄介だし、ましてや喰われでもしていたら植皮が必要になるかもしれない。日曜日の救急でやるようなオペではない。

「先生！　お願いします」

鳩山の切羽詰まった呼びかけが和泉を覚醒させた。落ち込むだけ落ち込んでいた気分は一気に消失し、有能な形成外科医としての和泉が戻ってくる。

救急室での縫合だけで終わるかもしれないが、「もしものためにオペ室も用意しておけ鳩山。ナースもスタンバイするよう連絡しろ」と、次々に的確な指示を出す。今まで震えていた両手の指をポキポキと鳴らし広げると、白く繊細ないかにも外科医の指が現れた。震えなど微塵《みじん》もない。

変身は完了した。


救急車のサイレンがやんでしばらくすると、救急隊員に支えられ大きなガーゼで顔を押さえた男が入ってきた。足もとはしっかりしている。

何やらギャーギャーとやかましい声がするが、どうやら後ろにいる体格のいい女が騒いでいるらしい。救急室に入ってくるなり「先生！　助けてください。サトーの鼻が……鼻が……」と両手を顔の前で組んで懇願し始めた。「サトーの……サトーの……」とつぶやくように繰り返している。

クールマシンと化した和泉は聞く耳を持たなかったが、そばに控えていた看護師は一緒に来たこの女はなぜ夫を「佐藤」と呼ぶのだろうか、と怪訝に思っていた。

最近では夫婦が旧姓で呼び合うケースがあるらしいが、まだまだマイノリティーだろう。となると、夫婦ではないと考えれば、この女は愛人で、この佐藤なる男は日曜の朝っぱらから愛人のマンションでペットとして飼われていた犬に鼻を齧られたマヌケな男、ということになる。愛人が自分の男を「佐藤」と呼び捨てにするかどうかは別の話だが。

「鳩山、この人外に出して。うるさいから」

奥さんですか？　という問いが和泉の口から出ることはない。本人が意志表示できる限り、治療に関係のない人間は不要であるばかりか邪魔になる。

「サトダ、大丈夫だから……」

鳩山に付き添われて救急室から出ていこうとする半狂乱状態の女に向かって、サトーはガーゼの下からくぐもった声を出した。

ドアが閉まるまで、和泉はカルテを確認していた。サトーがときどき「ウッ」と声にならない声を出すのと、看護師が動き回るキュキュというナースシューズの音以外、聞こえない。

和泉は「フーッ」とひとつ大きく息を吐くと「じゃあ診ましょうか」と言って、ラテックスグラブをはめた。つけ終わった時のパチッという音に、サトーは一瞬ビクッとする。

河口准教授はガーゼをそっとはずし、まだ出血を続けている患者の傷を観察し始めた。

なるほど、おそらく小型犬に噛まれたのだろうが、噛んだままの状態で引き離そうとしたために、左の小鼻の一部が引きちぎられ、左の鼻の三分の一がプラプラと動く。よけいなことをやってしまったものだ、と准教授は顔をしかめたが、その非を責めようとはしなかった。パニック状態になったらとかく冷静な対処ができないものだ。それが自分にも当てはまっていることに、准教授モードの和泉は気づかなかった。

「狂犬病の注射は打ってあるようなので心配ないと思うけど、念のためワクチンしといたほうが安心ね。ついでに破傷風も」

カルテを見ながらだったので、サトーに言ったのか看護師に指示したのかわからなかったが、看護師はすぐ始動した。

「小型犬の牙なので、そんなに深くまでは損傷してないですね。組織の欠損もないし。ただ傷自体がギザギザで、縫った跡が目立ってしまうようならもう一度オペしないといけないかもしれませんね。できるだけ傷跡が目立たないように縫いますから」

「じゃあここでやろう、局麻で大丈夫だろ、オペ室キャンセル、縫合セット用意して」

と、准教授が次々と指示を出す。

「では、こっちに移ってください」

サトダと同じくらい豊かな体格をした看護師に促され、サトーは処置ベッドに横になった。こうなったら、後は野となれ山となれ……じゃない、まな板の上の鯉だ、とサトーは覚悟を決めた。


顔面の左側に大きなガーゼをくっつけたサトーが処置室から出てくると、泣き腫らした目をしたサトダは、駆け寄ってきて抱きつこうとした。

「ハイ、それは後にしましょう」

サトーの斜め後ろにいた鳩山が、右手でストップをかける。

「入院する必要はないそうです。お薬出ますから、もう少しここで待っていてくださいね、奥さん……」

両目が腫れ上がり、興奮したせいか顔を真っ赤にしたサトダは、処方箋をピラピラさせながら待合室を出ていく鳩山の背中を睨みつけた。

処置室の隣に設けられた殺風景な待合室には、座り心地の悪そうなビニールレザーのソファーがいくつか置かれている。さっきまで、落ち込んでいたサトダが泣きながら祈っていた部屋だ。他にも何人か患者の付き添いがいてサトダを注視していたが、サトダの目には何も入らなかった。

二人並んでソファーに腰かける。麻酔が効いているせいか、サトーもウーウーとは唸っていない。それだけでもサトダの罪悪感は薄らいだ。

「ねぇ、大丈夫なの、鼻。なくなってなかった？」

「大丈夫だって。傷もそんなに深くないし、ハリーも人喰い犬になってないよ」

サトーは笑ったつもりだったが、麻酔のせいか、サトダには左目がひきつっただけに見えた。

「傷跡は……傷跡は酷く残らないの？」

「ウン、場合によってはもう一度オペしなきゃならないらしいけど、今いた若い先生が言うには、あの女の先生、准教授で腕もいいんだって」

あの薄っぺらそうなヤツの言うことは軽々に信じられないが、ひとまず良かったと、サトダは肩の力を抜いた。

「当分はこのガーゼとお友だちでいるしかないけど、鼻をもぎられちゃったわけじゃなし、そんなに悲観してないって」

「アァ、奥さんになんて謝ったらいいんだろう。大切な旦那さま傷ものにしちゃって。それに、今日会うって言ってた仕事相手の人にも連絡してないし……」

「そんなの後で連絡するからいいよ。うちのヤツだって最初は驚くだろうけど、箔《はく》がついていいんじゃない、って笑うに決まってるし」

眉間辺りの傷ならちょっとニヒルだが、鼻の傷はどんなもんだろ……とサトダは、不謹慎にもその二つの顔を思い描いた。

「ハリーにも、気にするなって伝えといてくれ。それと、完治したらリベンジマッチするから待ってろって」

サトーは冗談のつもりで言ったのだが、後ろめたさが残っていたサトダは、やっぱりハリーのこと恨んでいるんだ、と本気モードになりながらサトーの横顔を盗み見た。まさかいい年をした分別のある男が犬相手にリベンジにくるとは考えにくいが、少量とはいえサトーの中にも男としての闘争本能があるのなら、その可能性もなくはない。

サトダはサトーから目を離してうつむくと、今度は愛犬の無事を祈りだした。

別人格となって緊急のオペを終えた和泉はドアにつけられた〝准教授室〟というプレートを見て我に返った。

ドアをゆっくりと開ける。

施術中にはきれいさっぱり消えていた己の恥さらしな姿が、また和泉の中によみがえる。頬に引いたグレーのペイントまで思い出す。アア、あの鳩山のヤツめ！

鳩山のニヤけた顔を思い出すと、今まで浮かんでもこなかった新たな思いがユルユルと和泉の意識に入り込んできた。ヤツみたいにお気軽な生き方をすればいいのか？　世の中〝ケ・セラ・セラ〟ですから……とすませればいいのか？　それは自分のミスを少しでも和らげようとして脳が無理やり作り出した言い訳だった。そして、その取ってつけたような言い訳は、あのつき添いできて騒いでいた女にも及んだ。

〈あの佐藤、佐藤と叫んでいた女は何なのだ。パニクッて大声で叫べば、佐藤の鼻がくっつくとでも思っているのか。だが、ひょっとして、あの女と自分はどこか似たようなところがあるのかもしれない。雄一郎が瀕死の重傷を負ったら、医者であるという立場を忘れ、自分も大騒ぎをしてしまうのではなかろうか？　妻であれ愛人であれ〝愛している〟に違いはない。そう、それゆえの行動だったのだ〉

雄一郎を〝愛している〟ということを再認識した和泉だったが、自分の犯した失敗は〝嫉妬〟という感情が根源になっていることには思い至らなかった。そのため、自分のしでかした行動に合理的な理由を見つけることができず、もっと落ち込んでいった。
また震えて来そうな両手の指を見て、和泉は慌ててその指を口に突っ込もうとした。

和泉と雄一郎　3

休日勤務を終えた和泉が帰宅すると、「お帰りー、お疲れ様」と、夫ののどかな声が聞こえた。日曜日なのに、どういうわけかご機嫌度が増している。ひょっとしたらまた……と疑いたくなる。

和泉は、4日前の衝撃を抱えながら一日の職務をかろうじて果たし、今日も疲れ果てて帰宅した。変身して患者に向き合う時以外は、いまだにずっと心に棘が刺さったままだった。少しずつ棘は小さくなってきているが、完治までにはまだまだ時を要しそうだ。あの佐藤とかいう患者よりも、もっと……。

なんの成果も上げられなかったばかりか、世間に醜態を晒してしまったのは間違いない。スマートフォンで撮影されてはいなかったろうか。近頃の若いヤツらは、バカの一つ覚えのように、何かあるとすぐスマホを向けたがる。しばらく前、医局で鳩山がバカ話をしている時に耳に入ってきたのだが、どうも撮影した写真や動画を世界中に配信してしまうという手技があるらしい。〝拡散〟とか言っていなかったか？　なんの芸もないつまらぬネーミングだ。

しかし、もし自分がそのターゲットになっていたとしたら、世界中の笑いものになる。今から百年生きたとしても、百パーセント出会わない人間から笑われるということだ。「街なかに戦闘員現る」とかってキャプションをつけられてしまうのだろうか。世界中に恥をさらしてしまう。

そして、その戦闘員はどこの誰だという人探しが始まる。ネット社会では当たり前の流れらしいが、なんと暇を持て余している人間が多いことか。一日中パソコンの前に座りっぱなしで、なんの生産性も持たない行為を延々と続けているのか。少しは労働してＧＤＰを上昇させるのに貢献したらどうだ。

あらぬ方向に怒りを向けてしまったが、結局のところ自分が原因の大失態だった。

この４日間後悔のしっぱなしだ。できるものなら鳩山にネットショッピングを依頼する前に時を戻したい、と何度悔やんだことか。胸の辺りにピンポン玉みたいな異物がつっかえているような気がして、心療内科のドクターに診てもらおうかと本気で思ったくらいだ。

そんなダメージの残る顔を隠して、和泉は「ただいまー」、とリビングのドアを開けた。

4、5日前、和泉から休日勤務をしなければならないと聞いた時、雄一郎はこみあげてくる歓びを表に出さないようにするのに苦労した。うっかり気を抜いたら、両手の親指を立ててしまいそうだった。

どうして？　と、とりあえずは訊いたが、笑うのをこらえて残念そうな顔をするのは至難の業であるのを思い知った。

和泉のお相手をしなくてよいフリータイムが突如出現したのだった。何をするかはすぐに頭の中に浮かんだ。カラオケルームを1日借り切って、思う存分ギターの練習をするのだ。和泉が帰宅するまでに帰っていれば、何も問題は生じない。

しっかり練習してきてくださいね、といつも優しく厳しく励ましてくれる由真ちゃんに、少しでも恩返しができるだろう。不肖の弟子の突然の上達をきっと喜んでくれるに違いない。「どうしちゃったんですか、河口さん。今日の演奏とってもステキ」と、大きな目を涙目にして手をたたいている光景が目に浮かぶ。

和泉には、買い物をして本屋さんでもぶらついて、お昼にはおいしいものでも食べてくるよ、と言っておけばいい。映画を観るというアリバイは、後で半券を見せろと言われるのに決まっているので、使わないほうが賢明だ。午後は早めに帰って昼寝していたと言えば、疑われることはまずない。考えていくうちについついニヤニヤしてしまい、わざとらしい咳払いをしてごまかした。

帰りがけに、新宿のデパ地下で高級惣菜でも買って帰れば万全だ。

テーブルの上にたくさん並べて和泉の帰りを待つとしよう。

雄一郎は、来るべき日曜日のための詳細なプランを着々と立て始めた。


「お疲れだろうと思ったから、買ってきちゃったよ」

きれいに片づけられたテーブルの上に載ったいくつもの惣菜を見て、和泉は驚いた。なんとワインまで用意してあり、ご丁寧に抜栓も済んでいる。何かあったな……と直感が和泉に囁いたが、今日もまだことを荒立てるだけの元気がない。一歩間違えれば水曜日の秘密にまで話が進んでしまう可能性があり、自分のしでかした失態を図らずも吐露してしまう恐れもある。

「ウワァ、ありがとう。おいしそー。夕ご飯どうしようって考えてたの」

平均的レベルのお礼と感想と嘘を述べておく。

「久しぶりに新宿に行ったんで、ちょっと奮発しちゃったよ」

ほとんど四谷にあるカラオケ店にいたのだが、新宿区であるのに違いないし、ショートカットしただけで、嘘はついていない。

まさか……？　と一瞬和泉は疑ったが、なんの齟齬《そご》もなんの証拠もない上に、元気もない。

「何か、ご用で？」

わかるかわからないくらいの皮肉に留めた。

「紀伊國屋で見てみたい本があったんでね。2、3冊買ってきたんだ」

これも嘘ではない。ギターの中級者向け教則本と楽譜なので、ギリギリのところだが。

「楽しかったでしょ。顔が生き生きしてるもの」

もっとわかりやすい皮肉にした。

「和泉が仕事してるのに申し訳ないと思ったんで、お詫びのしるし」

と言って雄一郎は、テーブルの上の豪華惣菜の上に両腕を広げた。皮肉だとは認識したらしいが、あまり効果的ではなかったようだ。早く飲もうよ、とワインのボトルを右手で持ち上げ、左の指で矢印を作っている。

マァ、せっかくここまでしてくれたのだから、その好意はあえて受けよう。どうもあのわざとらしい笑顔が気になるが、「じゃあ急いで着替えてくるからね」と機嫌のいいふりをした。

「休日勤務って大変なんだろ？　和泉の専門じゃない患者も来るんじゃない？」

雄一郎の会話量がいつもより多いのが気にくわないが、高級総菜は予想通りおいしい。シャワーを浴びてしばらくすると、気分もいくぶん落ち着いてきて、自分が空腹だったのに気づいた。どういう理由であれ、雄一郎が気配りをしてくれたのだと素直にその好意をいただく気持ちになっていた。

ワインのグラスを口から離すと、

「そうよ。でも今日はたいしたことなくてよかったけどね」

と、仕事では疲れはしなかったというのを少し強調した。

「2、3日前から元気なさそうだったんで心配してたんだ。今日も、出かける時つまらなそうな顔してたし。ま、日曜にお仕事じゃあ楽しくはないけどね」

「エェ、いろいろありますよ、世の中。犬に鼻齧られたりしますからね」

「どういうこと？」

「そういう患者さん来たのよ、今日。齧り取られはしなかったから幸いね。もしそうだったら簡単にはいかなかったから。犬だって食べたくて食べるわけじゃあないから良かったんじゃない」

「自分のペットにやられたのかい？　ときどきあるらしいね、飼い主に噛みつく犬。それにしても恩知らずなヤツだねぇ」

「それがよくわからないのよね。奥さんらしき人が付いてきたんだけど、どうも違うようで、その人のペットみたい。どうしようどうしようって大騒ぎしてて、複雑な関係なのかしら」

和泉はその出来事を思い出しながら、ブルーチーズのかけらを口に放り込んだ。どうでもいいことだが、あの二人の関係はいまだに謎だ。

「アァ、その罄られた人、佐藤っていう姓多いから渡しておきます、って言って名刺くれたんだ。システムエンジニアなんだって。吠えたり喰いついたりしないコンピューター制御の犬なんか作ってるから、こういうことになるのよねぇ」

「いいの？　患者さんの情報さらしちゃって。うるさいんだよ最近、個人情報」

ワインが適度に体内に入ってきたせいで、和泉は悪夢を追いやりリラックスし始めた。頬が色づき、口も滑らかに動き出す。

「いいのよ別に。だって、佐藤さんだってシステムエンジニアだって、山のようにいるでしょ？　個人の特定なんて無理でしょ？」

と言った後、プッと吹き出し、

「犬に鼻罄られたシステムエンジニアの佐藤さんだとまずいか？」

と、クックックとくぐもった一人笑いをした。

少々捻れた笑いだったが、雄一郎は久々に和泉の笑顔を見たような気がした。このところブスっとしていて話にも乗ってこないことが多かったので、雄一郎は胸をなでおろした。

「でも、個人情報って言ったってどんな情報あるっての、なんてことない普通の人がさ。シュレッダーなんか買っちゃって、毎晩たいしたことない郵便物ガシュガシュやってるのって変でしょ？　あんた政府の要人かッ」

「最近じゃぁあんまりいないんじゃないの。日本人ってさ、何かあるとその時は大騒ぎしても、すぐ忘れちゃうんだよね。いいことなのかそうでないのかは別にしてさ。今も律儀な人はやってるのかもね、ガシュガシュ」

疑問形で語尾を上げたつもりだったが、和泉は口をモグモグさせながら別のことを考えているようで、返事はなかった。

和泉はローストビーフを口に入れてゆっくり噛みながら、あの佐藤さんの会社って、体内埋め込み型のＧＰＳなんかも扱ってるのかしら？　と、性懲りもなく考えていた。

理沙子と理香

「あの日の夜がウソみたいね」

ドアを開けた途端に、理沙子は開口一番そう言った。純粋な気持ちで感想を述べたのか、オーバーラッピングした皮肉なのかわからない曖昧な言い方をする。

いつもなら自分の家のごとくサッササと上がってくるのに、何か警戒しているような動きで鼻をクンクン鳴らしながら顔をあちこちに向けている。顔をしかめているせいか、年のせいかわからないが、眉間のしわがすごい。

やっぱり嫌味か、と理香も顔をゆがめる。

あの夜大変だったんだからね、と電話で告げられていたが、どう大変だったかは話そうとせず、臭くて臭くてと繰り返すばかりだった。

どうせまた難癖をつけているのだろうと「わるーございましたね」と軽くいなした。が、あの夜の理沙子の活躍を理香は知らない。

理沙子が芳之を確保した日の3日後、最低でもあと3、4日は入院したほうがいいという主治医の忠告を振り切って、理香は強引に退院した。既読スルーが続き、電話にも出ない姉のことが心配でと説明したが、ほんとに心配だったのはハリーのことだった。毛の生えた生き物を理沙子が苦手だったことを思い出し、どうして世話を頼んでしまったのかをベッドの上でずっと悔やんでいた。一刻も早く帰らなければ生死に関わると、気が気ではなかった。

大荷物を背負い、松葉づえをついてやっとのことで帰宅すると、大急ぎでドアを開けた。聞こえる、あの多少耳障りな高音の鳴き声。理香はギプス固定された足を投げ出し、「いい子でちゅネェー」と抱き上げ頬をこすりつけた。

愛犬ハリーをあの毒のごとき悪臭で抹殺しようとした張本人が、自分自身であることを理香は知らない。

数カ月前、理沙子は失踪した夫を追い、神戸、鳥取を経由して京都でようやく見つけだした。失踪の理由は、理沙子が予想した母親の介護のためではなく、妹理香が示唆した女がらみでもなかった。それこそとんだ濡れ衣で、芳之はビッグネームの陰陽師の子孫で、世のため人のため尽くしていたのだった。

追跡前夜、足の骨折で入院していた理香の住むマンションで異臭騒ぎに巻き込まれた理沙子だったが、獅子奮迅の活躍で事なきを得た。理香の溺愛するハリーも命を救われたと言っていい。原因は理香の放置した大量の花の腐敗のせいで、あと一日二日したらさらに腐敗が進み、警察の出動になりかねなかった。当然、ハリーはあの世行きだったろう。松葉づえをついて警察に出向き、厳重注意をされずに済んだ訳を、理香は知らない。


少し落ち着いたらメチャクチャ怒鳴りつけてやろうと思っていた理沙子だったが、自分の立場を夫から聞かされた後は茫然自失の状態が何日か続き、あの夜の出来事など取るに足らないことだと悟った。嗅覚神経はいまだにあの重大なダメージを覚えていて、妹に落とし前をつけさせろと迫ったが、陰陽師の妻であるという自覚の芽生え始めた理沙子は、マァマァここはなんとか、と宥めた。

あの日の夜のように鼻と口をハンカチで押さえ、空き巣に見紛うような前傾姿勢をとりリビングに入る。リビングはかろうじて無事だったことを思い出す。

テレビの脇のリビングボードには、これ見よがしに派手な花がひな人形のように三段飾りにしてある。花に罪はないと思い込もうとしたが、なかなかの難儀だった。

性懲りのない女だ……あの地獄は忘れてやろうと寛大な気持ちになったものの、何も知らず詫びもなしに花を生けていることに、理沙子は真実を告げるべきかどうかまた迷い始めた。

もし夫の失踪理由がアレのほうだったら、理香の自慢の作品たちは今この場で木っ端微塵にされただろう。だが、今の理沙子はついこの前までの理沙子ではない。

「素敵なお花ね」

わずかばかり残っている不満分子が皮肉交じりにほめる。

「でしょー、近頃腕が上がったんだ」

と自慢げな答え。

アア、病室のベッドでは足を上げてたけど今は腕なんだ、とヤツらが冷笑する。

あの夜、闘い疲れてうっかり寝てしまったテーブルに着く。理香が足を引きずりながら、湯気の立つコーヒーカップを持ってきた。どうも上機嫌のようだ。

「今日理沙ちゃん来るって言ってたから、昨日スタバで豆買ってきた。挽きたて淹《い》れたてよ、どーぞ」

ウッ、またスタバか。店には何の問題もないが、あの隠れスタバファンの顔が浮かんでくる。どうしているだろうか、田辺は。今も上手にオーダーできず「何になさいますか?」

の問いかけにオドオドしていないだろうか。大好きなあの長い名前のコーヒーを幸せ顔で飲めているのだろうか。

他にもあるでしょコーヒー豆売ってるとこなんか、と言いそうになったが、マシマシでなくブラックだったので、マア抑えた。

「ところで足のほうはどうなの？　何も言ってこないから順調だとは思ってたけど。あんたもいい年だし、くっつかないってことだってあるでしょ。そしたら」

と言いかけて、面倒見るのアタシじゃない、というセリフをのみ込んだ。

喉に力を入れたせいで、ポッキーの傷跡を感じる。ひとつ咳払いをしてコーヒーに手を伸ばした。

「理沙ちゃん、それがさ、バッチリらしいよ。不良患者にしては同年代の人よりずっと回復が早いですね、って」

やっぱり不良だったんだ、とそっちのほうをより理解した。

「その先生大丈夫なの？　人を見る目はしっかりしてると思うけど」

理香が顔をしかめる。主治医の見立てを疑っているのか心配してくれているのか、はっきりしないが、自分をディスっているのは明らかだ。

「……名医よ」

特に根拠はなかったが、いい先生ではあった。少なくとも、老化のせいですねという最低の骨折理由を口に出すことはなかった。

「よかったね、いい先生で」

あまり本音には聞こえなかったが、これはこれでいいとしよう。

「それよりどうなの、お義兄さん、おとなしくしてる?」

2人の夫婦関係にはまるで興味はないが、あの顛末《てんまつ》を聞いてみるのも面白そうだ。理香はニヤリとした顔を向ける。

「一つはっきりさせとくけど、アンタの考えてるような理由じゃないからね。そんな俗的な話じゃないんだから」

「ゾク? アア、俗ね。あの年で総長とかないもんね」

「何言ってんの。バカなの?」

「じゃあ、高尚な話なんだ、救急搬送されたのに?」

フラに夢中の母親から大雑把に得た情報では、何がなんだかわからなかった。おそらく当人もわかっていないはずだ。高尚?――――道路に飛び出した小学生が車に接触するのを横っ飛びで助けて、自分がけがをしたとか、カツアゲされていた高校生をかばってアンちゃんになぐられたとか、なのか。自分を犠牲にしてという点では、確かに高尚な話に違いない。

でも、どうして京都まで行ってそういう行為をする必要性があるのか、理解不能だ。それにあの体型では横っ飛びは無理だし、暴力沙汰は一番嫌いなはずだ。

「詳しいことは話せないけど、あの人はすごい人なのよ」

やっぱり秘密を抱えてるってことね。まさか公安とか、秘密結社の一員なのか。何かそんなのテレビでやってたな？　普段はポワーンとしてる人がことがあると腕利きのエージェントに変身、ってのはよくあるパターンだ。

「アンタもこれからは言動に注意してね。リスペクトも忘れないように」

私まで狙われてるのか。理香は、誰もいない（と思われる）室内を見回した。窓際まで行ってレースのカーテンを引く。

なんの変哲もない義兄なのに、京都に逃亡しただけで変身してしまうのか？　そうか、ウルトラマンの兄弟か。変身はどうやってやるのだろう。清水の舞台から飛び降りるのか。イヤ目撃者が多すぎるし、動画まで撮られてしまう可能性が高い。

理沙ネェだけがそれに気がついたというのか？

イヤ、ウルトラマンは救急車で病院送りにはならないだろう。でもでも……ウルトラマンの義妹なら、けっこうカッコイイ！

「だからね、アタシも心根を入れ替えようと決心した。修行する！」

……しゅぎょう……修行なの？　何を今さら。もっと早く気づかなかったわけ。わたしなんか何十年もずっと修行してきたようなもんだ、と理香は鼻で笑いそうになる。キリリとした顔をしたつもりかもしれないが、理沙子の目の下のたるみは変わらず、目を見張ると目尻のしわが２、３本増えた。何か話したそうなのでこのまま放し飼いにしてみるか。

「エッ、何、何か言うでしょ、ここで」

理沙子は不満げな顔を理香に向けた。

「どうぞお続けなさって。その修行とやらのお話、拝聴しますから」

理沙子の耳にどこからか小さな音が届いた。

チッ……。

「山よ、山。山に登るのよ」

なんなのそれ、またまた今さらか。趣味をひとつ増やそうとしているだけじゃない。何年か前に流行った山ガールにでもなるつもりか。ガールは30年遅い。

「山の中で修行するってこと？」

つき合ってみることにした。

「そうそう、ほら、ホラ貝吹く人ってなんだっけ？　それそれ、山伏、あれよ。それに、お坊さんでも山の中何日も駆け回る修行あるの知ってる？　白装束で滝に打たれたりさぁ」

ネットを漁って調べた知識を思いっきりひけらかす。

「ネェ理沙ちゃん、どういう風の吹きまわし？」

オーソドックスな主婦業をのんびりと続けてきた姉が、アラフィフになって何を狂ったか。やはり京都で何かあったとしか思えない。鞍馬山で天狗にでも遭遇して啓示を受けたのか。あるいは天狗に捕獲され人質になっていた夫を救うべく密約を結んだとか。どうも天狗しか思い浮かばない。

マアいいや、やるって言うならやってみればいい。最近はクマだのイノシシだのいっぱい出没するようだし、毛の生えた動物の苦手な姉がどこまでやるのか、見届けてやろうじゃないか。

「だからぁ修行！　今からだって遅くない……っていうかしないと、妻として認めてもらえない！」

目が血走ってきている。

「何か言われたの、お義兄さんに？」

「イヤ、そういうわけじゃないけど。これは私の覚悟」

「フーン」

いいんじゃない、気が済むまで登れば……という言葉の代わりに、変に気合の入った姉に先を促した。

「で、それはいいけど、山だっていっぱいあるでしょ」

理香の知識では修験者の山と言ったら、昔、同期のサトーが得意げに話していた山形の出羽三山くらいしか思い浮かばない。初心者にはとうてい無理だよな、と理香は速攻否定した。白装束に杖を持ってけもの道を駆け回り滝に打たれる理沙子の姿は、想像しようもない。

「ウン、まず高尾山かな」

口もとまで持っていったコーヒーカップを、理香は危うく落としそうになった。やっぱり山ガールか。高尾山で修行している人なんかいるんだろうか？

「何その顔。バカにしてるでしょ、高尾山。あれでも霊山なんだからね、調べたんだから」

それはそうかもしれないけど、遠足に行った小学生が山伏になったという話は聞いたことがない。

「天狗だっているみたいよ」

やっぱり天狗か。

「筑波山辺りも候補なんだけど」

やっぱり趣味の域を出ていない。理香は両肘をテーブルにつき、両手で顔を覆っている。その下で冷ややかに笑っていることは、容易に想像がつく。

「イヤイヤ、いいと思うよ、初心者なんだからさ」

理香は表情をリメイクすると、両手を開いて言った。

「でしょー。昨日ネットで頼んだの、登山用品一式。私って形から入るのよね」

ザックにくっつける初心者マークも忘れずに頼んだのだろうか。

「楽しみだなぁ。早く届かないかなぁ」

修行と宣言している割には、ウキウキ感しか伝わってこない。

何を考えているのかはっきりしないまま、なぜか高揚している姉の顔を見ながら、理香は理沙子の前途を憂えた。

サトーとサトダ　1

（1）

「ハイ、里田です」

あの時と全く区別がつかない声が聞こえてきた。イントネーションや、サ・ト・ダのアクセントの位置まで変わらない。

「ア、佐藤……です。お姉さん？……じゃないですよね？」

サトーは確かめるように恐る恐る言葉を選んだ。

「エェ、わたし。アァ、サトー？」

「退院したの？　オレ電話したの、姉さんから聞かなかった？」

「ウッ、聞いた……かも。あれサトーだったの。なんだっけな、佐藤さんだったかなぁって言ってた」

「なら連絡してくれてもいいじゃないかよ」

「でも、佐藤っていっぱいいたじゃない。エッ、3人だっけ？　佐藤とか鈴木って、名乗る時に下の名前もつけるのって義務でしょ。佐藤だけじゃあアイデンティティーないんだからね。だから黒ずくめの変なヤツらに追い回されるはめになるのよ。エッ、どういう意味だって？　いいのよ、わからなきゃあ、スルーして。たいした問題じゃないから。そうそう、病院の待合室で会計待ってる時なんか、今給黎《いまきいれ》とか五百旗頭《いおきべ》とか、日本に何人いるんだって人まで、つまり、名字だけで十分本人確認できる人までご丁寧に下の名前くっつけて呼ぶのよ。それ考えたら、当たり前の話でしょ。もっとも最近じゃあ個人情報保護ってことで番号で呼ぶとこも多いらしいけどね。国民総背番号制っての？　みんなして野球でもやるつもりなのかしらね」

しばらくぶりにと思ったら、この言われようだ。こんなに七面倒くさいヤツだったたっけ……と、サトーは電話機のディスプレイを確認した。あのサトダの家の番号だった。結局、再度家電にかけるしかなかったのは、サトダの姉のせいだった。

「どの佐藤だかわからないし、片っ端から電話かけるってのも変でしょ。それにそんな暇じゃないわよ、私だって。そのうちどの佐藤かわかると思って。啓太郎でしょ、声聞けばわかるもんね」

「大正解。だけどさ、冷たかないかその言い方。サトダが離婚したって聞いて気になって電話してくる奇特な佐藤って、オレぐらいだろ。すぐ気がつけって」

「うわぁー、情報古ーい。もう一年以上になるのよ離婚して。サトーって仕事ＩＴ関係じゃあなかったっけ。大丈夫なの会社、そんな古い情報使ってて」

サトダの情報にそんなに価値があるとは思えないので、無視した。

「……そうだ、最初の話ね。大学卒業して20年以上になるし、同窓会で2、３度顔合わせただけじゃない。連絡だってろくにくれないしさ。電話だってかけづらいでしょ、ケイタイの番号知ってるわけじゃないのに。家電で奥さん出たら慌てちゃうわよ」

「アレ？　ケイタイの番号、お姉さんに教えといたんだけどなぁ。聞かなかった？」

「聞いてないよ、そんなの。でもうちの姉が出たってことは、ひょっとして去年の暮れに近い頃？　アッそう、その頃あの人パニクってたからね、チェイス前で。お相手御苦労様。イヤ、いいからいいから、わからなくて。それにあの人そういうのまるでダメなの。ハイハイ伝えときますなんて口先だけで伝わったことないし。留守電にメッセージ残しといてくれたほうが１００倍確実。家にいても電話出ないでほしいわ、全く」

サトダが何を言っているのか半分ほどしかわからないが、あの時の嫌な予感は間違ってはいなかったようだ。

「ところで姉さんと何しゃべったの？　だいたい私に姉がいるの知ってたっけ？」

「アハァ、それがさ、妹さんと勘違いしちゃってさ。アラ、姉です……って。気分害しちゃったんだろうな、その後はさんざんだったね。まさか3姉妹とは知らなかった」

「妹がいたのは覚えてたんだ。そんな話、したことあったっけ？」

「うろ覚えだけどね。そうだ、言ってたぞ姉上。動けないもんだから、ベッドの上からアレとれコレやれってうるさいって。同級生なら知ってますよね、あの子の性格……って。マァ想像するのはたやすいですねぇって言っといた。サトダに命令されてアタフタしてるのが目に浮かぶ」

「……ったく、あの人が慌ててる姿なんて生まれてこのかた見たことないわ。アア、でもあの時は精神状態まともじゃなかったかもね。よくもまぁって思うけど、感謝してないわけじゃあないのよ。足折って入院して、迷惑かけてるの私なんだからさ」

「足ってどのあたりやったの？　酔っぱらってたんだって？　手術はもうしたの？」

「どうせあの口の軽い姉が全部ぶちまけてるんでしょ。口は堅いけど黙ってるの苦手ーなんてすました顔して言うんだから」

まるで質問の答えになっていない。

「アー、どうしても答えてほしいって言うなら、最初の答えは足首、2番目のはイエス、

3番目のもイエス。今はどうなの？　痛くないの？っていう気遣いにあふれた優しい4番目の質問があったとしたら、リハビリ中でちょっと痛い、って答えになるんだけど……」

全く口の減らないヤツだ。昔から口の悪さには定評があったが、この20年の年月でさらにブラッシュアップしている。

「ワンフレーズ多いのは昔からだな。今からでも遅くないならするけど、4番目の質問」

「もともと期待してなかったからいいわよ。さっきも言ったけど、私が悪いんだから。一人になってからの実家生活でゆるんじゃってたのよね」

「ナァ、里田家って今どうなってるの？　個人情報だってのなら話す必要ないけどさ」

「別にいいわよ。サトーがそっち方面の業者ってのなら話は別だけど」

「……ハァ？」

「めんどくさいからいいわ。うちはね、今ここにいるのは3人、女だけ。未亡人だけど今が一番楽しそうな母親、40過ぎて独身を謳歌してる妹と出戻りのわ・た・し。けっこうバラエティーに富んでるでしょ。アア、それと失踪したダンナを連れ戻した姉がときどき来る。サトーが電話した時もそう。ついてなかったよね」

わけありでややこしい家族だというのはよくわかった。それにしても、あのお姉さんがどうしてるか気になって仕方がない。

「その姉上がご丁寧に説明してくれたんだけど、どうにも出来すぎじゃないかと思ってさ」

「なぁんだ、やっぱりそうだったの。じゃあいいじゃない。サトーがうちの妹囲ってくれるってのなら、私ももっと情報漏洩するけど……」

「イヤイヤ、十分。囲うつもりもないし、そんな度量も経済力も持ち合わせてないって」

「そんなことないでしょ。花のIT会社じゃない。セレブよねぇ。きれいな奥さんに子ども2人だっけ？　アァ、絵に描いたような素敵な家庭。羨ましいわ、全く」

「なんだよ、それ。だったら絵に描いてみろよ。描けないだろって。そんな甘い生活じゃあないんだぞ。人には言えないつらいことといっぱいあるし、ITったって、ピンキリだし……」

「絵心ないからなぁ……」

「そっちじゃないだろ。アァ、オレなんで電話したんだっけ？　こんな話するつもりじゃなかったんだよな。こんなのこの前十分すぎるほどしたし」

「誰と？　アア、理沙ちゃんとね。そんなのまで話してたの、あの緊急時に。ネェ、ちょっと、私が離婚した後なんで男ひでりが続いてるだろうから……なーんて考えたんじゃぁないでしょうね？　底の見えちゃう下心ってやつ」

「ウワァー、あきれるわぁ。何が悲しくてサトダにセフレの立候補しなきゃあならないんだよ。心優しき男の気持ち、わからんのかねぇ」

「ハハ、ゴメン、ゴメン。でもさぁ、40も半ばになって混ざりっ気なしの気持ちで独り身になった女に電話してくるって、逆に気持ち悪くない？　フーン、でもサトーならそれもアリかもね」

「オレはレッドデータか！　ヤンバルクイナじゃないぞ」

「マァマァ落ち着いて。ところで、そのヤンバルちゃんに久々に会ってみたいんだけど、いかが？　お心遣いのお電話のお礼も差し上げないといけないいし」

（2）　1カ月前

「ハイ、里田です」

「……つながった。また里田に戻っちゃったんだって？　どうしちゃったんだよ」

受話器の向こうから警戒心を丸出しにした沈黙が流れてくる。しまった、ケイタイじゃなく家電だ。姉か妹でもいたんだっけ？　最悪母親ってこともあり得ると、サトーは焦った。

「妹さん……？」

一番当たり障りがない選択肢を選んだ。

「……姉ですけど」

と、あからさまに不機嫌な声が聞こえた。

「妹だったら、どっちも今いませんけど」

触ることができたら凍傷をおこしそうな冷たい声が続く。スタート時点でつまずいてしまった。久しぶりにかける電話だったので、緊張しているのを隠そうとハイテンションで話しかけたのが裏目に出たかと、サトーは無音の舌打ちをした。

初対面——どころか、声の情報だけでサトダに相似しているであろう顔を想像しつつ、その姉上という要素を加味して話さないといけないのは、なかなか難しい。そもそも、サトダの今の顔貌があやふやで、何年か前の同窓会の時の顔を思い浮かべ、マァこんなもんでいいかと投げやりになった。

「スミマセン、お姉さんでしたか」

マヌケな質問だったが、機嫌を伺うようなまたまた当たり障りのない問いかけをした。

「ハイ、そうですよね、今そう言ったので、たぶん」

「あのー、理香さんの大学の時の同窓の佐藤っていいます。あんまり声が似てたんで……」

「きっとそうですよねぇ、姉妹ですから。それで？」

できるだけ早いうちに友好関係を築かなければまずいと、他人行儀な返事を聞きながらサトーは策を巡らせた。この対応から察すると、離婚したという話を聞いて電話したなどと言ったら、他人の不幸話をそんなに聞きたいのかと責められかねない。策を弄せず……が賢明だろう。

「友人と話をしていて妹さんの名前が出たもので、久しぶりにどうしてるかなぁ……と思って」

また空虚な数秒。

「オーソドックスなお返事で……。マ、イイカ」
マ、イイカは、日本以外のどこか小さな島国の方言のようにサトーの耳にわずかに届いた。
「2、3日前に足を骨折しましてね。今、入院中。酔っぱらってたらしいの、……ったく」

不出来な妹の話を口に出すのが恥ずかしいのか、シラフだったらそんな不始末は起こさないと可愛い妹をかばっているのか、よくわからないトーンだ。

「うぐッ……」

牛タンの塊の咀嚼《そしゃく》が不十分だったせいで嚥下を失敗した時に発するような音が、サトーの喉から漏れた。笑うのをこらえようとして喉をギュッと閉めたためだった。アハハと素直に笑うのは、サトダの姉というだけでその正体が不明な相手にする行為としては相応しくないと、とっさに判断したからだった。現時点ではサトダとサトダ姉の友好関係もつかみきれていない。

「ナニ、どうしたの？　何か喉に詰まった？」

ここで正直に答えたらクールな判断をした意味がないし、また沈黙の時が続くだろう。嘘も方便という。

「イエ、最近喉の調子が……。年のせいですかね、唾液の飲み込みが……」

「アラ、それって私への皮肉？　私の喉にも居座ったポッキー……、イエなんでもない」

理香からひったくった呪いの赤い箱。自分の恥をひけらかすことはない。ポッキーには黙っていてもらおう。

「なんですか、ポッキって？」

「……ポッチって言ったの、それっぽっちのことで、って。なんで年のせいにするかなぁ。そんな違わないでしょう、年？」

年のせい？　ポッキって言ったよなぁ、まさかボッキだったか？　なんだそれ、そっちの話？　ダンナがＥＤ？　考えられなくはない。50前後であろうサトダ姉にとって、確かにセックスレスは繊細な問題に違いないが、ここで突然ぶっこんでくる話か。きっと聞き違いだ、……に違いない。だが、サトダの姉だったら有りうる話か？

イヤ、それより友好関係を……喫緊の課題だ。そっちの話は危険をはらんでいて突っ込むのは怖い。デリケートに話を進めよう。

「40も半ばになれば、男だっていろいろあるんですよ。血圧だって人並みに高いし、ちっちゃい尿管結石だとか、四十肩だか五十だか知りませんが、たいして致命的でないやつをいろいろと。うちの女房なんか、手術室の前で手を握って『頑張ってね』なんて励ますような大病をしてみろ、病気がセコイ、なんて罰当たりなこと言うんですよ。ひどいでしょお？」

「アーラ、素敵な奥様だこと。お幸せね。妹には聞かせられないわ、幸せな会話で。今の私にも刺激的ね」

どこが素敵なのか、どこが刺激的なのか。イヤ、サトダ姉にとっては泌尿器系の話はまずかったか？　体の不具合もいろいろ起きてきてるし、その上こんなに虐げられているのだと、ちょい足ししただけなのに。

「不幸自慢なら負けませんわよ」

ベクトルがあらぬ方向を向いてきた。そんなつもりは、サトーにはこれっぽっちもなかったが。

「ご存知の通り、妹は離婚してまた里田になりました。しかも骨折で入院中。私はと言えば、4、5日前に愛するダーリンは親の介護をしなくっちゃならないって鳥取の実家へ帰ったままナシのつぶて。マァ、それもほんとかどうか。ケイタイで連絡しても反応なし。いくら介護が大変でも、何か言ってこれるでしょ? ネ、そうでしょ? あと2、3カ月したら介護離婚ね、きっと。それから、あなたの想像通りもう一人妹がいて、自分は全然不幸じゃないって言い張るけど、40過ぎて独身。ものの考え方は自由で多様だから尊重すべきだけどね。父親はもう亡くなっちゃっていないから、今は母娘4人、女だらけよ、ダ、ラ、ケ。3人とも子どももいないから、30~40年したら里田家は絶滅ね。ホラ、不幸でしょ」

脚本があるかのように一度もつまずくことなくスラスラと話した後、ため息でも続くかとサトーは覚悟したが、うっすらとした笑いが聞こえたのは空耳だったのだろうか。サトーの答えがなかったからか、全く違うトーンで続けた。

「アラー、ごめんなさいね。今ちょっと心がささくれ立ってて。イエ、こっちの話。フーウ、それにちょっと前に一戦交えたばかりでして……」

そういえば、話してる内容はハードだが、何か疲れてるような、呼吸も乱れて……ハッ、一戦交えたって！　セックスレスじゃなかったってこと？　気持ちイイの後に電話に出ちゃったってこと？　イヤ、でもダンナさんは鳥取って……ま、まさか皆出払っている実家で……ふ、不倫？　なんと大胆不敵な！

「それに、明日からとっても大事な仕事を控えていてゆっくりお相手できないのよ。ア、忘れてたわ。あの妹は今、生きながらえてるの不思議なくらいよ」

驚いている暇もなかった。サトダ姉は臆することなく、次の話に移る。何とも返事のしようがない。その上、話の内容がカオスすぎてついていけない。

「マァ、そのうち会ったりするんでしょ。その時の話題、私がばらすことないから……お楽しみに」

それって不幸の話の続きだろ？　それでお楽しみなの、とサトーは受話器を耳から離し、その中からよこしまな何かが飛び出してくるのではないかと身構えた。

「ひょっとして、私のことひどい女だと思ってるでしょ？」

幸いなことに異形の悪鬼は現れず、遠くからサトダ姉の声が流れてくる。

「……鈴木さ……佐藤さんでしたっけ？　アァ、やっぱ佐藤さん。あなた、いい大人が世の中って良心とか良識とかを土台にして、っていうか頼みにして成立してるなんて思ってませんよね。いわゆる性善説っての。そんないい子ぶったお話なんて幻想に過ぎないって、ネット社会になって露見しちゃったでしょ。あっちこっちで、あの悪意に満ちあふれた書き込み見てみなさいよ。これまではそんなチャンスがないために表に出てくることのなかったドロドロに濁った悪意が、待ってましたとばかり出てくるわ出てくるわ。吐き気がするほどの瘴気《しょうき》がディスプレイから湧き出してきてるでしょ。うちの女ども4人はね、そんな社会を生き抜いていくために、どんな迫害にもめげない鎧《よろい》をがっちり身にまとって日々暮らしてるの。ちょっとやそっとの憎悪や怨恨なんて何するものぞ、よ」

サトーは右手の掌から出た汗が受話器をくっつけてしまう接着剤のように感じて、5本の指を1本ずつ開き、急いで左手に持ち換えた。

サトダ家の武装理由を訊いたつもりはなかったが、サトダ姉はたぶんけっこう気持ちよく持論を展開しているのだろうと察したので、口を挟まず素直に聞いていた。話の内容にも大いに共感できることがあったせいもあるが、どう思う？　と訊かれた時、なんと答えていいか困るという理由のほうが大きかった。

「エーーッ」

長いため息とも深呼吸とも判断し難い音が耳のすぐそばで聞こえた。サトダ姉は、妹の同窓生とはいえ、一度も会ったことがない、顔も知らない、他人といってしまえば他人に、日頃のうっ憤をドッとぶちまけてしまった、大人げなかった……か？　と思ったのだろう。

「よけいなお話ししちゃってごめんなさいね、ついつい……。あの妹に関してはあなたもご存じかもしれないけど、結婚自体がノーマルじゃあありませんでしたものね。あの性格には小さい時から泣かされてましたよ。私が持ってるものをなんでも欲しがって。姉を姉とも思ってないんですから」

話の内容に毒は含まれてはいるものの、若干の姉らしい思いやりが感じられる言い方に変わってきた。再び、サトーは言葉を挿《はさ》まず聞き役に回った。というより驚いてばかりでさっきからずっと聞き役であったのだが……。

「あなたも、同期ならあの子がどんな性格か知ってるでしょ。うるさいのよ、ベッドの上からアレせいコレせいって……。自分は本なんか読んでて口だけは達者なんだから。たかだか足の骨折ぐらいでねぇ。しかも酔っぱらって転ぶなんて。同じ血を引く者として情けないったらありゃしないわ」

サトダ姉の憤慨を聞いていても、サトーは嫌な気分にはならなかった。サトダの血が流れている者がごく自然に持っている愛情が、電話であっても感じられたからだ。それに、サトダの性格だの話し方を思い起こすと、やっぱり血は争えないのでは、と言える。ついつい、サトダに愚痴をこぼされている気分になってしまう。

「それで、まだ長くかかるんですか、入院？　もしそうならお見舞いにでも」

……行こうと思うので病院を教えてください、は、

「へいき、へいき！」

という、サトダ本人を全く無視した無責任な言葉で断ち切られた。

「手術も無事終わったし、後はリハビリだけだから。もうすぐ退院。毎日暇であきちゃってるみたい」

だから行こうとしたんだけど……重体でウーウーうなっているのを見学に行こうなどという悪趣味は持ち合わせてない。

「退院したらかけさせるから、電話。あの子の番号教えちゃうのもコンプラ的にもまずいし……でしょ？　あなたの教えて。それとも私と話したかったら私のケイタイ番号は教えるけど」

「イ、イエ、妹さんのケイタイで。それじゃあ僕の番号を……」

ポッキだかボッキだかが思い出されて、サトーは慌てた。

「ア、やっぱ私とのテレホンタイムは苦痛だったんだ。正直ね、鈴木さん。マ、いいわ、ちょっと待って……ったく、メモはどこ」

また鈴木さんになった。しかも確信している。

「ちょっと待ってね、これでいいか、何これ……アァ、どうぞ」

何やら焦っている。サトーが番号を読み上げている間にも、ナニ、これ出ないじゃない、クソッ……と聞くに堪えない罵倒語が続いた。

もう一度繰り返しますか？　と訊いてみたが、何やらガサガサという音がして、

「アァ、大丈夫よ、書きとったから……じゃあ伝えときますね、電話あったの。佐藤さんでしたよね、鈴木さんでしたっけ？」

「佐藤です、あの白くて甘いやつ。お大事にしてください」

物ごとを記憶させるにはイメージを与えてやるのがいい、と何かの本で読んだ覚えがある。まさかこれで忘れはしまい。話を聞いていてくれればというのが前提だが。

挨拶を終え電話を切ろうとした時、ゴチャゴチャと自らを呪うようなサトダ姉のつぶやきが聞こえたのは気のせいだろうか。サトーは、この電話の相手が本当にサトダの姉であったのかを、また疑いだした。

（3）

「ネエ、デートしようって言っても井の頭公園のステージあたりで待ち合わせって、おか

しいでしょ。17、18の少年少女じゃあないんだしさ。しかもいくらデートの定番だからって、あまりにもクラシック過ぎない？　東の日比谷に西の井の頭……昭和かッ」

再会したそばから、サトダは思いっきり嫌な顔をしてへらず口をたたいた。何年かぶりに会ったというのに、ハグどころかハイタッチの一つもなく、そのことだけでも少しくじけていたサトーは、さらに波状攻撃を受けたかっこうになった。

「電話でアポイントした時、文句言わなかっただろ」

「あきれて口開いたままだったの。その間にサトー、電話切っちゃったじゃない。じゃあその時に、とか言って。あの後受話器に向かってずっと一人でしゃべってたんだから……安っぽいドラマと一緒よ」

「ハァ……？」

サトダの話にはときどき理解困難な話題が放り込まれる。サトダの顔にはエッ、どうして乗ってきてくれないの、という失望の色が浮かぶ。

サトーの反応の鈍さは今に始まったのではないし、マッいいか。サトダは久々のアウトドアで天気もまずまずだし、と軽いあきらめの表情になる。リハビリになるかもしれないと前向きの気持ちになって、池の周りの遊歩道をゆっくり歩き始めた。

サトダが皮肉ったほど井の頭公園は過去の遺物ではなく、平日にもかかわらず大勢の人が訪れていた。公園へのアプローチや池の周囲はずいぶん変化したが、何十年も変わらない人気を誇っていた。

「ところでさ、最初からこういう話題ってどうかと思うけど、ちょっとふくよかになった？」

隣に並んで歩き始めたサトーが、優しい日本語を使って尋ねた。久しぶりにサトダを見たサトーが、真っ先に感じた正直な感想だった。見た目は大事な要素だ。ただ、それをここで話し始めていいかどうかはしっかりと考察する必要があった。

クッとサトダが立ち止まる。つい最近までリハビリ中だったのを考えれば、なかなかの鋭い反応だったが、骨折部位にちょっとばかり負担がかかったのかもしれない。痛みが走ったのか、サトダは顔をゆがめた。

「それって、太ったってこと？　そりゃあ体重だって増えるわよ、女だって40過ぎれば。見りゃあわかるでしょ。ブリとかマグロだったら、脂のってるねぇって喜ばれるんでしょうけどね。離婚のストレスだってたっぷりあるしさ。それに実家に戻ってから自堕落な生活してたからね。ついでにコレステロールや血糖も順調に増えてますことよ」

皮肉全開の答えが返ってきたということは、優しい日本語はあまり機能しなかったということだ。どうせこういう結果になるんなら「肥えたんじゃない！」とストレートに訊いたほうがサトダの戒めになったのかもしれないと、気づかれないようにサトーはフッと笑った。

「私の体型がどうこう言うより先に、お聞きにならなきゃあならないことがありますでしょ。こんなに足引きずって歩いているのに……」

電話での一件があってから1カ月後、リハビリがもう少し進んでからというサトダにしてはまともな判断で、今日この場所での再会が設定された——どうもサトダは納得していなかったようだが。しばらく間が空いたから、骨折のことはうっかり忘れてたという言い訳は受け入れてもらえるだろうか。それがだめなら、離婚の件でかけた電話だったので、骨折に関しては想定外で記憶に残りにくかった、というのはどうだろう。

結局、サトーは素直に謝ることにした。

「そうだ、忘れてた。あまりカックンカックンしてないんでわからなかった。痛くないのか歩いてて……」

「まだ痛いわよ、少しはね。歩いてて痛くないかって……そういう状況にしてんの、サトーでしょ。労《いたわ》るとか気遣うとかって日本語美しいわよね」

サトダ得意の静かなる一撃。

そう言えばこういう皮肉をずいぶん言われていたな、と不思議と懐かしい思いがする。

目の前のベンチが奇跡的に空いているのを見つけ、サトダの間接的なリクエストに答えることにした。ベンチに座ったとたん、サトダへの反撃がサトーの脳裡に閃いた。

「おっと、もひとつ忘れてた。この場所に決めたの、サトダんちの近くだったからだぞ。遠いと歩くの大変だと思ってさ。優しいだろ？　じゃなければ日比谷公園でもよかったんだからな。オレんちからだったらそっちのほうがずっと近いし」

「ネエ、二択なの？　しかも、そういうありがたがれよみたいなことという男だっけ、サトーって。もうちょい正統派のフェミニストだと思ってたんだけどなぁ」

刺々しいとまではいかないが、チクチクと心臓を刺す言葉を使う。

「正統派のフェミニストってどんなだよ。久しぶりだってのに、言い方ってのがあんだろ」

そう言ってしまった後で、年甲斐もなく自制心を失ってしまったと反省した。サトダのペースに巻き込まれて失敗した数多くの出来事が、浮かんでは消えてゆく。

なんの反応も見せず、種をまいたサトダは知らんぷりをして、池に浮かんだボートを眺めていた。サトーがエキサイトしかけたのを軽くいなす。

「ネエ、あの子たち、ここで二人してボート乗ったら別れるっていうジンクスあるの知ってるのかしらね。知ってて乗ってるんだったら、よほどの自信家か無法者よね、フフフ」

後半の内容については意味がよくわからないが、井の頭池でボートに乗ったカップルは別れるという噂は昔からあった。なんでも、池の真ん中に祀られている弁天様が嫉妬して別れさせる、とのまことしやかな理由も付与されているのだ。

それは別としても……とサトーは、振り上げたこぶしをどうすればいいのか迷った。サトダが皮肉屋なのはわかっていたが、ここまで暴言を吐かれる筋合いはない。久しぶりの再会なのに、もう少し言いようがあるだろサトダ……と声を荒らげようとしたところで、この井の頭池ボート別離伝説。

隣に座って、負傷していない左足をブラブラさせているサトダを見る。表情はとても穏やかで、春先の落ち加減の陽の照り返しに気持ちよさそうだ。

サトーは思い出した。

サトダがどれだけ辛辣な言葉を吐こうが皮肉たっぷりの嫌みをかまそうが、そこに悪意が混在していると感じたことは一度もなかったことを。愛想のあるタイプとは言えないが、だからコイツに会いたくなる……タイプのヤツなのだ。そう、サトダに電話しようという気になったのも、ただ単に久しぶりで会いたくなったからだった。

「サトーさぁ、どうして電話くれたの？　今までそんなことなかったじゃない。私が骨折したの夢に見たなんて言わないでよ」

ブラブラさせている自分のつま先を見ながら、サトダが尋ねる。サトーの思いを見透かすような問いに、サトダって超能力持ってるの？　と訊きそうになる。

「同窓会で顔合わせても他人行儀だしさ。行きずりの女ってわけじゃないでしょ。たぶんわだかまりあるんだろうな、って思ってもいたけど……」

つぶやくように言うと、サトダはゆっくり顔を上げて、またキラキラと光る池の水面を見やった。丸々とした横顔が別人のように見える。

「アァ、確かにちょっとね。イヤ、ちょっとじゃないか。20年近くたつんだな、あの衝撃から」

「ちょっとじゃないよね……ウン、わかる。私だってサトーの立場だったら気まずい関係になっちゃうだろうね。あんな芸能人ばりのことしでかしといて、そのあげく離婚かいな、ってもんよね」

あの時の出来事が、今の2人の頭の中に同じシーンとして映っているはずがないが、サトーとサトダの意識は20年ぶりに接近遭遇していた。

20年前、サトーとサトダは大学を卒業した後、同じ研究室に薄給の研究助手として在籍していた。

学生時代から、出席順が近いせいもあって試験や実験では同じグループで活動する機会が多く、実習の打ち上げでは一緒に大騒ぎをした。助手になってからも、軽口をたたき合う気の許せる友人としてつき合ったが、ステレオタイプのドイツ人気質であるサトーと根っからのラテン系で自由奔放なサトダでは、恋愛関係が成立する確率は低かった。性格の違いは、当然のことながらしょっちゅうぶつかり合いを引き起こした、しかし、諍《いさか》いを引っ張らず翌日にはケロリとしているので、「おまえら、あんなにやり合った次の日によくそんなにケラケラ笑ってられるね」と、研究室の先輩にあきれられた。

二人の研究テーマは多少違っていたが、若くして助教授になっていた高木に指導を仰いだ。高木は二人より一回り年上の才能豊かな研究者で、将来を嘱望されていた。プライベートでも妻と二人の男の子に恵まれ充実した日々を送っていて、休憩時間にはサトーとサトダに息子たちの成長を嬉しそうに話す良き父親でもあった。高木は二人を厳しく指導する一方で、研究が一段落すると二人を誘って飲みに行くこともあり、師弟の間柄というより兄弟関係に近かったのかもしれない。

研究室に残って2年が過ぎた頃、突然サトダが顔を出さなくなった。辞職の話を聞いたのは、そのすぐ後のことだった。サトーは電話で連絡をしてみたが、「ゴメン」と一言謝っただけで、サトダは電話を切った。

その1カ月後、高木が離婚し、サトダと一緒になったという噂が研究室中に広がった。まさかそんな事態になっているとは知らずにいたサトーは、高木にサトダのことを相談していたが、あやふやな答しか返ってこず、次第に距離を置き始めた助教授を訝しんでいたところだった。

愛妻家で子どもたちの話を楽しげに話していた高木が、離婚してサトダと結婚？　サトーはどうしても信じられなかった。一緒にいた時の二人の顔つきや仕草や話の内容を何度も思い返し、気づかなかった自分の愚かさに腹を立てた。心通う仲間だと考えていた自分の幼稚さが情けなかった。ことの良し悪しではなく、仲間だと認識していた高木とサトダに裏切られたという気持ちは拭えなかった。

それ以降、高木との関係もよりぎくしゃくするようになり、程なくサトーも職を辞し、台頭著しいＩＴ関係の企業に職を得た。仕事の忙しさはサトーにその衝撃を忘れさせるのに十分で、いつの間にか二人のことも遠い過去となっていった。


「青天の霹靂ってこういうことかって初めて思ったね、あの時。アァ、こういう気持ちになるのかって。〝唖然とした〟って言い方が一番ピッタリだったな」

「……かもね。私だって、ことの成り行きがどうなるのかわからなかったから。エーッと、万事塞翁《さいおう》が馬ってやつ？」

あまり的を射ているたとえだとは思わなかったが、敵をだますなら味方からって小学校の時教わらなかった？　などとふざけた答えをしなかったので、あまり追及しないことにした。

「ほとんど毎日あの研究室で一緒にいて、高木助教授とそんな関係になってただなんて……アッ、今は准教授っていうのか。どうでもいいけどさ。どんだけ自分が鈍感でマヌケか大いに落ち込んだよ。あの話聞いた後、サトダたちの顔つきや素振り思い返したけど、オレにはあんなになっちまうなんて微塵も感じられなかったしね。めげましたよ、さすがに……。高木さんにもサトダにも裏切られたのか、って」

「……ウン」

聞きとれるかとれないかの極小の声。心なしか、サトダの横顔が小さくなった気がした。

「高木さんが、グッドファザー賞とれるんじゃないかみたいないいパパだっただろ。子どもたちの話をしてる時の顔、オレよく覚えてるよ。人生何があってもおかしくないけどさ、あの笑顔は離婚とか、ましてやサトダと不適切な関係になるなんて、絶対思わせなかった。自分のマヌケさ弁護してるみたいだけど」

「サトーとは学生の時からずっと一緒だったもんね。雀の涙みたいな給料もらってた助手の時も、似たようなテーマやってたしね。いい相棒だと思ってたんだ、ホントだよ」

「それ台無しにしたの、サトダだろ。高木さんだって同罪だけどさ。20年ぶりにオレのシヨック思い知れ、ってんだ……って言いたいけど時効かぁ」

「ナニ、20年もたったし、離婚もしたから時効ってこと？　1年経過したとはいえ、まだ傷心の独り身女に向かってひどいでしょ、それって」

威勢のいい言い方だったが、うわべだけであまり勢いを感じられない。

「そうじゃないって。オレ自身の時効。高木さんにしろ、サトダにしろ、オレにとっては裏切り者だったんだ、長い間。オレの純情足蹴にしやがって、って」

「やっぱりそうだよね。同窓会で顔合わせても〝オォ〟って言うだけで目をそらせちゃうし。コイツけっこう引きずるタイプだ、って思ってた。それがどうしたのよ、連絡してくるなんて……」

サトダはかつての純情男を上目遣いで見た。

「最近になってさ、この年になって、あの時サトダと高木さんは不毛な想いを誰にも言えず、オレが思い至らないほどの苦悩の中にいたんだろうな、なんて、安らかな気持ちになっちゃってな。オレも丸くなったもんだ。マァ、サトダの離婚知ったのが、電話しようと思った一番の理由だけどな」

「ワァオ、20年ぶりに大罪を赦してやるって？　しっかも、どこぞの国のショボい恋愛映画みたいなストーリー語っちゃって。私の中じゃぁそんな簡単にまとまってはいないんだ

料金受取人払郵便

新宿局承認

2524

差出有効期間
2025年3月
31日まで

（切手不要）

郵 便 は が き

1 6 0-8 7 9 1

1 4 1

東京都新宿区新宿1－10－1

（株）文芸社

愛読者カード係 行

ふりがな お名前			明治　大正 昭和　平成　年生　歳	
ふりがな ご住所	□□□-□□□□			性別 男・女
お電話 番　号	（書籍ご注文の際に必要です）	ご職業		
E-mail				
ご購読雑誌（複数可）			ご購読新聞 新聞	

最近読んでおもしろかった本や今後、とりあげてほしいテーマをお教えください。

ご自分の研究成果や経験、お考え等を出版してみたいというお気持ちはありますか。

ある　　ない　　内容・テーマ（　　　　　　　　）

現在完成した作品をお持ちですか。

ある　　ない　　ジャンル・原稿量（　　　　　　　　）

書　名				
お買上書　店	都道府県　　市区郡	書店名		書店
		ご購入日	年　月　日	

本書をどこでお知りになりましたか?

1.書店店頭　2.知人にすすめられて　3.インターネット（サイト名　　）

4.DMハガキ　5.広告、記事を見て（新聞、雑誌名　　）

上の質問に関連して、ご購入の決め手となったのは?

1.タイトル　2.著者　3.内容　4.カバーデザイン　5.帯

その他ご自由にお書きください。

（　　）

本書についてのご意見、ご感想をお聞かせください。

①内容について

②カバー、タイトル、帯について

弊社Webサイトからもご意見、ご感想をお寄せいただけます。

ご協力ありがとうございました。

※お寄せいただいたご意見、ご感想は新聞広告等で匿名にて使わせていただくことがあります。

※お客様の個人情報は、小社からの連絡のみに使用します。社外に提供することは一切ありません。

■**書籍のご注文は、お近くの書店または、ブックサービス（0120-29-9625）、セブンネットショッピング（http://7net.omni7.jp/）にお申し込み下さい。**

けどな、いまだに」

突然サトダはベンチから立ち上がり、2、3歩前へ進むと大きな息をし始めた。なんのリハーサルだと驚いて、わずかに上体を引いたサトーにも、その息継ぎははっきりとわかり、「どうし……」と言い終わらないうちに、サトダの大きなよく通る声が夕陽をはね返している池面にこだました。

「わたしー罪深い女ですぅ！　許してくださぁーい！」

一瞬、時が止まる。

こんなとこで懺悔《ざんげ》するわけ？

周囲にいた人たち――隣のベンチに腰かけて小声で語り合っていた恋人と思しき男女、チワワを散歩させていた70歳を超えているであろうダンディーな老人、塾へ行くのかカバンを肩に斜め掛けして笑い合っていた小学生たち。

動きや音が止まる。流れてゆく風さえも……。

夕陽を切り裂いた叫びの原因であるサトダは、前かがみになった姿勢を戻し、一つ大きく息をつき振り返った。

「バカヤローじゃつまらないでしょ」

なんの恥じらいもなく、あっけらかんとした顔をしている。確かに、山のてっぺんや埠頭の先っちょで〝バカヤロー〟は定番だが、それとはちょっとわけが違う。かと言って、この叫びにどんな意味があるのかと、サトーは顔を四方に巡らし目をキョトキョトさせた。体を縮こませサトダに向かって指先だけを動かし、こっちに戻れのサインを出す。こいつとはなんの関わりもありません、と知らん振りをしてもよかったのだが。

急激に冷えた周りの空気をまるで気にすることなく、サトダが戻ってきた。何やらニヤニヤしている。

「サァ、交代」

ひょっとしたらというサトーの不吉な予感は的中したが、どうしてオレが叫ばなきゃならないんだ、と釈然としない。ハイリスクノーリターンの典型だ。

「40年以上生きてきたんだから、悪事の10や20はあるでしょ。ついでだからやっちゃえば」

ついでにしてはリスクが大きすぎる。

周囲の驚きの表情は刺すような視線になり、変なものにはアンタッチャブルの雰囲気が漂い、危ないものから遠ざかろうと気配を消しながら移動し始めている。

サトダに引きずられて叫ぶつもりは毛頭なかった。どうしてサトダにつき合って他人に怪しまれなくてはならないのか解せない。普通の人が普通に悪いと思っていることは人並みにしてきているが、あくまでも人並みで特殊な悪いことはしていないつもりだったサトーは、口をとがらせることで拒否を伝えた。

「……だよね。ここでサトーが叫ぶ意味がわからないもんね。私が叫んだのもよくわからないけど。衝動……ってやつ？」

眉を上げ両肩をほんのわずかにすくめて、サトダは居心地が悪そうだ。普段自由奔放に振る舞っているサトダのこういう仕草を、久しぶりに見たような気がした。真正面を向いたサトダの横顔は照れているように見えたが、ほうれい線の辺りが震えていて何か他の感情が入り込んでいるのがわかった。

「きつかったの……か？」

「……ウン」

二呼吸分ほどの間が空いて返事があった。

「泥沼よ……」

小さいながらもはっきりとした嫌悪と毒気を含ませて言い放った。いつものサトダなら強烈な皮肉を発する時でも持ち前の優しさが見え隠れするのに、この一言の中にはそれが見当たらない。よほど嫌な思いをして、それがトラウマになりいまだにサトダの心に根を張っているようだ。

「ラストクォーターは、どっちが先にウツになるか競争しているような毎日だったかな。

20年近くよく耐えたな、っていうのが正直なとこ。イレギュラーなスタートだったけど、私幸せだった。ラテンだからなってサトーには言われそうだけど、他のこと目に入らなくて舞い上がっちゃってさ。自分の欲望に忠実だって言ったらかっこいいけど、セルフィッシュってことだもんね。一緒に暮らすようになってから、今まで見えなかったものがいっぱい見えてきてさ。あの頃クーリングオフって制度、まだなかったっけ……？」

仮にあったとしても、それが結婚に適用されるとは思えない。

「ネエだろ、そんなもん。だいたい、結婚なんて自由との決別だろ」

このままだとどんどんブラックホールの奥へと突き進んでしまいそうだったので、ありきたりでつまらないとサトダが突っ込むのに最適と思われる、くさいセリフを選んだ。

「そうね……」

サトーの意に反し、サトダはウワァ面白ーいとバカにしてくることも、バッカじゃないのと吐き捨てることもしなかった。何がそうねなのか、いろんな思いが混ざり合ったために本来の意味を失くしてしまったような〝そうね〟だった。

サトーは返すべき言葉が見つからず、的外れな選択をしてしまうのを恐れ沈黙した。

「ウーーン」

沈黙が長引いてしまうのも気まずかったので、少々長めのため息をついてみた。

「そういう反応しかないよね、わかるわぁ」

サトダは、悲惨な話の主がどっちなのかわからない軽い言い方をした。

「こんなこと今更訊いても何の意味もないけど、今だから…ってこともあるし。どうして別れたんだ？　まさか一緒にいる理由が見つからないなんていう難解な問題じゃないよな」

「ワッ、ストレート勝負。サトーにそんな真っ向から攻められたの久しぶり。ちょっと快感」

ふざけたセリフのくせに、サトダの目はちっとも笑っていない。

おまけのようにつけ加えた。

「マザコンだったのよ、チョーの付く」

サトーの肩がビクッと動く。

「気がつかなかったなぁ、重度のマザコン。大切な子どもたちを残して私と一緒になってくれたことばっかり頭にあって、他のなんにも気づかなかった……っていうか、他のことはどうでもよかった。だってそうでしょ、幸せな家庭の中に存在してた人奪うんだもん。そのくらいの覚悟……ってのも変か？　奪っちゃった側が言うのはおかしいけど、その人のすべてを受け入れるって気持ちだった。たとえ裏稼業で非合法な仕事してたり、非情の殺し屋だったりしても、私の決心は揺るがなかったと思う。マァその時にそう思ってたかどうかは怪しいけどね。ただ、生半可な覚悟じゃなかったってことだけは自信をもって言える。この人といつも一緒にいたい、死ぬまで二人でいたいって……」

両膝に肘をついて前傾姿勢で聞いていたサトーは、淡々と話し続けるサトダの横顔を盗み見た。

「幸せだった。他の人の不幸の上に積みあがった幸せなのはわかってたけど、罪の意識なんてちっともなかった。それだけ夢中だったんだと思う。ホント嫌な女。その上、人のダンナ横取りするならこんなひどい最低の女ですって、すべてさらけ出すくらいの潔さがあればまだ救いはあるけど、むこうの家庭のゴタゴタにはいっさい近づこうとはしなかった。奥さんの顔も知らない、知りたくもなかった。きっと想像もできないくらいの修羅場だったよね。自分の募る想いだけでいっぱいいっぱいだったって言えば聞こえはいいけど、無意識のうちにトラブルにはノータッチで逃げていたんだよね、きっと。奥さんの苦悶に歪んだ顔や子どもたちの泣き腫らした目を見たくなかったの。そんなずるい私は、見事にしっぺ返しを食らったというわけ」

一気に話し終えると、フーッと聞こえるか聞こえないかの息を継いだ。止めようにも止まらない話に自分でもどう対処したらいいのかわからなくなってきたサトダに、サトーは西日の反射する眩しい水面を見ながら何度か小さくうなずくだけだった。

「有頂天だったんだ。他に何も見えなくなっていて……。ひょっとして、と気がついたのは半年もたった頃。それまでも母親との電話がけっこう多かったけど、相模原のほうに一人で住んでいる母親への親孝行だと思ってたよ。でもさ、ときどき耳に入ってくる話の中身や、母さん、母さん、っていう呼びかけが気になってきてね。そりゃあ可愛い息子と略奪女の生活は心配になるだろうし、おおかた性悪女のレッテルは貼られてるから、息子がたぶらかされてるんじゃないかと疑われても仕方なかったけどね。それでも、夜中に1時間以上も母親と電話してるって変でしょ？　私なんか、何そんなに話題があるのって不思議でしょうがなかった。ネェ、どう思う？　30半ばの一人前の男が、久しぶりってのならまだしも、2日に一度は母親と長電話してるのって。その上、休みの日には朝早くから一人で出かけて遅くまで帰らないのよ。エッ、そうよ相模原。高齢の母親面倒見るのって偉いと思うよ。それで私も行くって言うと大丈夫って一言。でもね、一度も会ったことないのよ。会わせたくなかったんだろうね、きっと。もっともっと信じられない出来事があったけど、ここでサトーに言ったら言い訳や悪口になっちゃうから、もうやめるね。これ以上嫌な女になりたくないもの」

サトダは、肯定的返答以外受けつけないぞという表情をサトーに向けた。

「ナァ、それって略奪前に気がつかなかったのか？」

見当はずれなことを言ったつもりはなかったが、サトダの右の口もとが若干上がった。眉間が狭くなったのにも気づいたが、サトダの目に視線を移すのは避けた。どういう目もとをしているのかは十分想像できる。

「ネエ、その略奪っての、もういいかげんやめてくれない？　自分だってそういう思いあるから自虐的には使うけど、人に言われるとやっぱりカチンとくる。我に返ってからはこれでもかなりへこんでたんだから。けっこう痛いとこ突っつくよね、サトーって」

「さっき言っただろ、オレだって被害者の一人でしばらくは心病んでたんだからな。こんな可愛らしい報復甘んじて受け入れろよ」

「アーァ、それ言われちゃうと確かにね。いいわ、略奪で……」

さすがのサトダも歯切れが悪くなる。当時は全く目に入らなかった様々な模様が、今になって次々と浮かんでくるのを心苦しく思っているのだろう。少しばかり同情心が湧く。

「つき合ってた時って気づかなかったなぁ。気づきようがないでしょ。もし気づいてもきっとそんなの関係なかったよ。私の気持ちのほうが突っ走ってたから。その時は具体的に思ってたわけじゃないけど、自分の強い想いはどんなものでも跳ね飛ばしていけるって高を括っていたのかも？　ホント傲慢」

「それにしてもよく続いたよなぁ、そんな状況下で。15年？　16年か？」

「略奪から5、6年もたつ頃にはいろいろ見えてきちゃったけど、もとの奥さんへの贖《しょく》罪《ざい》っていうか、罪悪感が結婚生活支えてきたようなもんね」

〝りゃくだつ〟という単語を必要以上にはっきりと発音したサトダは、最高に自虐的なセリフを吐いた後、ベンチの背にもたれかかり暮れなずむ赤みのかかった空を見上げた。2本ほどしわの入った右の目尻が少し光る。これ以上サトダの悲惨なプライベートに食い下がる理由も必要もないだろう。

もともとこんな話をしようと思って誘ったわけではなく、一人になったサトダの顔を久々に見たくなっただけだった。なんてことのない再会だったはずなのに、サトダが偶然負傷していたり、ユニークな姉に捕まったりしてスッタモンダしてしまった。あげくの果てにようやくたどり着いたと思ったら、当のご本人は何を勘違いしたのかサトーを神父に見立て告解をしたのだった。

サトダの心の柔肌を無理やり引っかいたつもりはなかった。それよりどちらかと言えば、かさぶたの残っているであろうサトダの心に旧知の仲として傷テープの1枚でも貼ってやろうかという思いが強かった。かと言って、同情や憐憫が大嫌いなサトダに対して、見え透いた元気を出せよ的なうわべだけの励ましが癒やしになるわけがないのも、熟知していた。

「なんとか言ってよ、サトー。男ならここで『つらかったよなぁ』とか『よく頑張ったよ』って肩たたいてくれてもいいじゃない」

なんてこと言い出すんだ、それってオマエさんが一番嫌が……と言おうとしてサトダを横目で見ると、目もとの2本のしわの間から涙が細い筋となって流れ落ちていた。オレンジ色の光が当たって、キラキラとした糸のようだ。

漢方でも試してみたら元気になるかも……なんていう、いつもだったらサトダが大喜びしそうな軽口も考えてみたが、あの涙を見てしまった後では筋違いもはなはだしい。

サァ、どうすればいい。この状況を打開するための方策をサトーはさほど多く持ち合わせていなかった。自分がかつて観た映画や読んだ小説を参考にしようと、最近頼りにならない記憶から引っ張り出そうとする。

恋人同士ならいざ知らず、サトダとの関係をどう表現したらいいのだろう。参考にすべき事例は浮かんでこず、サトーの頭に突然浮上してきたのは、1週間ほど前にテレビで見た〝ボディータッチは心が和む〟とかなんとかいう特集番組だった。うろ覚えだが、握手をしたりハグしたりするだけで心が癒やされる、という内容だったはずだ。医療や介護の現場でも応用されているらしい。なるほどスキンシップは有効に違いない。他になすべきことが何も思い浮かばなかったので、とりあえずこれでいこうと思い、左手を上げサトダ

の肩に回そうとしたその時、

「サァー、いい機会だし、ちょっと早いけど飲みにでも行こうよ、サトー。ショボいけどいい店知ってるからさぁ」

キスシーンの一瞬前にケイタイが鳴り出すという、お決まりのシーンの変形バージョン。サトーが、伸ばした左手をどう収納していいものやらドギマギしていると、サトダに気づかれた。光る両目が睨みつける。

「何しようとしてたの？　まっさかとは思うけど、肩抱きして『明日はきっといい日になるさ』とかいう気持ち悪いセリフでも吐こうとしてたわけじゃないよね」

「な、わけないだろ。……誰がやるんだよ、そんなこと」

肩抱きはちょっと考えたが、そのセリフはさすがのサトーも自分自身に容認するわけにはいかない。

右手の甲で両目を1度こすると、サトダは右足をブラブラさせて、立ち上がるための準備をし始めた。ほとんど痛みはないとは言っていたが、始動のためのウォーミングアップは怠らない。

「よいしょ……」

立ち上がる時に何気なくもらしたサトーの一言に、サトダが吹き出す。

「フフッ、やっぱりそれ言うよね。年とったつもりはないけど、つい出ちゃうんだな。『よいしょ』。私たちのお年頃の仲間には合言葉だもんね」

懐かしい笑顔を見せて、サトダもベンチから腰を浮かせた。

(4)

「……ここ」

ほんの少しだけ足を引きずって歩いてきたサトダが指さした店は、細心の注意をはらっていてもわからないくらいで、ここでまた会おうと誘われても一人ではたどり着けない場所にあった。商売っ気がまるで感じられない。

サトダは縄のれんを分け、頭一つ入るぶんだけ引き戸を開けると「源ちゃんいーい？」と大声をあげたが、返事も待たずにガラリと大きく戸を開け足を踏み入れた。

「いらっしゃい……」

と控えめな声が奥のほうから聞こえる。居酒屋チェーンの元気過剰なかけ声に慣れているサトーにはむしろ新鮮だった。

開店直後だったせいか、それともいつもそうなのか、客は一人もおらず、奥の調理場から何かをたたいている音がするのは、店主がまだ仕込みでもしているのかと、サトーは勝手な想像をした。

複雑な経路をたどってきた割に店内にはさほどたいしたこだわりはなさそうで、意図してそうした隠れ家店には見えなかった。かといって、店内の壁が見えなくなるほどメニューの紙をベタベタと貼ってある大衆酒場ではない。何より店のサイズそのものが大衆向けではなく、どういうコンセプトで始めた店なのかと、サトーはまた役に立たない疑問を抱いた。

「何してんの、こっち」

場所を指示されなくてもどこへ行けばいいのかわかる店なのに……まぁアイツのホームグラウンドなのだから、とサトーは内心苦笑した。

店に入ると、左奥に小上がりがひとつとL字型のカウンターだけで、10人も入れば満席になるくらいのスペースだ。サトダはカウンターの一番奥に腰かけ手招きしている。

そういえば、性格はラテンのくせに、ガラガラの喫茶店でも窓際の陽の入る席ではなく、奥のほうの隅っこの席を選んでいたような覚えがある。

「ヤァ、しばらくご無沙汰じゃないかい、理香ちゃん」

理香ちゃん？　行きつけの店とは聞いていたが、やけに慣れ慣れしい。

調理場から顔を出した店主は、最近あまり見かけない短めのアフロヘアに赤いバンダナを巻いていた。オイ、そこは鉢巻きだろ……と突っこまれそうだが、アフロ自体が居酒屋の店主のヘアスタイルにはそぐわないのだから、バンダナもアリか。

「源ちゃん、洒落た頭だね。いつからそんなになっちゃったの？」

「ずいぶんご無沙汰だから、オレのイメチェン知らなかったろ」

そう言って両手を頭の上にのせ、モミモミした。

「コゴミみたいね」

「何か思いっきり渋いたとえだな。ブロッコリーとかカリフラワーとかは言われるけど」

「居酒屋のオヤジだったらそっちじゃないでしょ？　その前にアフロはないかもね」

サトダもそっちに引っかかってたのか。それにしても、源ちゃんって呼んでたけど、かなり親しい？

「ア、これサトー。大学の時の同期」

必要以上の何物をも足さない引かない、究極の雑な紹介。サトダらしいか、と納得して
「どうも」と挨拶する。

「いらっしゃい。店主の源太です。理香ちゃんとは高校の同級生、なんだけどオレは中で

ダブってるから年は一つ上」

けっこうな個人情報だが、それを知ったからと言ってなんのメリットもない。

〝今日のおすすめ〟と書かれた小さな和紙を持ってきた源ちゃんが、サトダの耳もとで何か囁いた。目を通そうとしていたサトダが、突然目をむき源ちゃんの胸のあたりに右ストレートをかました。大げさに2、3歩後ずさった源ちゃんは、両手を合わせてゴメンゴメンと言いながら、そそくさと調理場に戻っていく。サトーが〝どうしたの?〟の表情を浮かべてサトダを窺うと、〝アンタには関係ない〟という顔で睨みつけられた。

「別に……失礼なこと言うから。何よ遮光器土偶って。わたしが知らないとでも思ったら大間違いだからね」

アア言っちゃったんだ、致命傷になるかもしれない一言。そこまで究極のフォルムを思い浮かべはしなかったが十分に納得できる意見だ。サトダには申し訳ないが、そんなことあるわけないじゃんと胸を張って否定できない。

「お酒……冷やでいい?」

サトーが失礼な発言をしたかのように、つっけんどんに訊く。

「お酒ー、冷やねー」

と調理場に向かって大声を上げると、サトダは何事もなかったかのように、両手を後頭部にあてフゥーと言って目を閉じた。

「オイ、酒、大丈夫なのか？」

「強いの知ってるでしょ、わたしが」

不機嫌さが尾を引いている。何言いがかりつけてるの、とでも言いたいような顔だ。

「足のほうだよ、足。まだ完治してないんだろ？　酒、いいのか」

「ネエ、その質問ここに来る前にいくらだってできたんじゃやない？　何しに来たの、ここに。コーヒーでも飲みたいの？」

「だいたい、足折ったのだって酔っぱらってたからだろ。普通しばらくは自粛するだろ」

「ウーー」

事実を認めたくないのか、サトダは唸った。

「ホントのこと言うかぁ……信じてくれないかもしれないけど」

サトダにしてはモゾモゾと口ごもっている。あけすけな告白でもするかのように目を伏せて、静かに話し始めた。

「たぶん酔っぱらってたせいじゃないと思うんだ。て言うより、ほとんど飲んでない。ビールを最初の一口だけ、一気じゃなくてね。それで立ち上がった時、転んだ。ほんの少し滑ったのは滑ったけど、若い頃だったらバランスをとり直すなり手をサッとつくなりできた。けど、尻もちよ、尻もち。ショックでさ。バランス感覚が鈍くなったのか体幹の筋肉がなくなったのか、とにかく年のせいなのよ、きっと。それがよくわかっちゃうって悲しいもんよ。わかるでしょ、同じ年なんだからさ。それで、酔っぱらって転んだって言っとけば、姉はあざ笑うかもしれないけど、自分の中では自尊心も守れるし慰めにもなるのよ。ごまかしてるのは自分が一番知ってるけどさ。わかるよね、この気持ち。アァ、年とるのって哀愁。同じような悩み抱えてんでしょ、サトーだって」

ここまで正直に答えたサトダに否定的発言ができるほど冷酷ではない。人を傷つけない嘘は嘘とは呼ばないだろう。

「アァ、サトダの言ってるの。わかるわぁ」

確かにサトダが落ち込んだように、年のせいとしか理由づけのできない現象はサトーにも数多く起こっていた。それは誰でもが経験することになる出来事だが、ここで深入りするとまた中年の悲哀話になりそうなので、この話題は早めに打ち切ったほうがお互いのためだ。わかるでしょ、とサトダは言ったが、傷をなめ合うのはサトダも望んでいない。サトダが骨折のトラウマから脱却した時、仲良く続きを話すとしよう。それは2人が〝年をとる〟という呪縛を乗り越え、おじいさんおばあさんと呼ばれて〝ハイ〟と抵抗なく返事できる頃になってからでも遅くはない。

ヒートアップしそうだったサトダだったが、源ちゃんが結露した二合ビンと皿にのせた木の升を運んできてくれたので、機嫌を直した。

ナイスアシスト。

「どうなの、理香ちゃん？　足治ったの。姉さん笑ってたけど」

「あのおしゃべり女。あっちこっちで……」

苦虫を噛み潰したような顔をしてサトダが毒づく。並々と酒を注いでいた源ちゃんは、またまずいことを言ってしまったかと肩をすくめ、早々に引き揚げていった。サトー同様、この姉妹は扱いが難しいと思っているのにちがいない。

「じゃあ、再会を祝して……」

「再起を祈って……」

サトダはちょっとばかり嫌そうな顔をしたが、それでも口もとを微かに動かしただけで口答えをしようとはしなかった。

「相変わらずワンオペなんだね」

二度ほどふっくらした喉のラインが滑らかに動いた後、サトダは調理場に向かって声をかけた。一口の酒がサトダを優しい声にさせた。

「バイトなんか雇える身分じゃないよ。人件費バカにならないんだぞ。それに自分の好きなようにやれるしな。人使ったらこんなコスパで料理出せないだろ」

冷蔵庫を開け閉めしている音と一緒に、経営者としての的確な答えが返ってくる。

「そっかぁー、でも従業員雇っても居つかないよねぇ、きっと」

小鉢に入ったつきだしをカウンターに置くと、確かになぁと言って片目をつぶった。ウインクのつもりのようだ。

10年くらい前かなぁ、とサトダは小鉢を突っつきながら独り言でも言うように話し始めた。

「もとのダンナとかなり険悪な仲になってきて、ろくでもない会話しかしなくなった頃にさ、『吉祥寺にソフィスティケーテッドな日本酒バー開店』とかって、よくわかんない能天気な招待状よこしてきたのよ、このアフロ。どんだけタイミング悪いんだって話よ」

たいして飲んでもいないので、酔っぱらっててつい毒づいちゃったぁ、という言い訳は通らない。いくらフレンドリーとはいえ、店長に聞こえていなければいいのだが、とサトーは内心心配した。

「それがさ、なかなかシャレた店で、あの頃髪もあんなモジャモジャじゃなかったしね。一時《いっとき》大繁盛したけど、ずっとは続かないもんよね。サスティナブルってのは難しい」

源ちゃんの人となりを軽く述べた後は、その遍歴を語り出した。それにしても最近ではおなじみの長い単語をよくスラスラと発音できるもんだ、と変なところでサトーは感心する。

「3年は続いたんだっけ？　あの店」

「……3年半」

やっぱり聞こえていたようだ。それにそんなに気にもしていない。

「……だって。それであえなく撃沈。それからしばらくしてからだよね、ここ始めたの。私もさ、何かあるとこっちまで来て、ずうっと愚痴言ってお世話になっちゃってたんだ。別れるはめにはなったけど、ウツにならなかったのは、源ちゃんのおかげでもあるわけ」

辛辣な言い方をしていたのは、何があっても、源ちゃんはサトダ側の人間だという信頼があったからだろう。生来の穏やかな性格もあるが、源ちゃんも長く客商売を続けているせいで一流の聞き上手のはずだ。

「グチろうが、泣こうが、大事なお客様だからな」

と素っ気なく言って、注文もしていないつまみをサトダの前に置いた。サトダの好物なのだろう、形の不揃いなサツマアゲからは湯気が上がって、熱々なのがわかる。サトダは、出てきて当たり前だというように箸をつけた。

このカウンターのこの席で、サトダは何度うなだれ、何度涙を流したのだろう。涙と鼻水の混じったしょっぱい酒はサトダを慰めてくれたのだろうか。そして、そのたびに源ちゃんは優しい目をして、サトダの大好きなサツマアゲをそっと置いたに違いない。

何一つ語りかけることなく……。

「そうそう、さっき話した日本酒バーってね、白木の一枚カウンターのカッコいいお店でさ。日本酒のことなんかなんにも知らない若い女の子餌食にしてたんだよ」

サトーに話しかけているようで、奥の源ちゃんへ聞こえるような声を出した。

「オイオイ、人聞きの悪いこと言うなよ。それじゃあ犯罪者だろ」

2人のテンポがあまりにも息が合っているので、サトーにはベテランの漫才師のやり取りのように聞こえた。サトダにナンダカンダと突っこまれながらも、いつの間にかカウンターの上には何種類もの見た目にもきれいなつまみが並ぶ。

「久しぶりでおいしーい」

よほど空腹だったのか、サトダは話すことより食べたり飲んだりすることに口をシフトし出した。

再会した当初、〝ふくよかになった〟とまろやかな表現をしたが、素直な表現をするなら、サトダはかなり太めの体型になっていた。もっとなにも気遣わずに源ちゃんが食らった右ストレートのひとつも覚悟するなら、〝デブ〟と呼ばれる範疇《はんちゅう》に入れてもおかしくなかった。

離婚によるストレス性の食欲過剰のせいかもしれないが、同窓会で数度顔を合わせた時も、今ほどではないが、増量してきたなとは思ったものだ。サトー自身が少しずつオーバーウェイトになってきているので、誰しも年とともにそうなっていくのかとそれほど気にしてはいなかったのだが。

「けっこうよく食べるよなぁ。腹減ってたん？」

頬杖をついて升酒を飲みながら右隣のサトダの食欲を横目で見ていたサトーは、感心して声をかけた。サトダの箸の動きが急に止まり、咀嚼も一瞬止まり、前傾ぎみだった上半身が持ち上がり、サトーに刺すような視線を向けた。フリーズした変身ロボットが言う。

「ナニ、源太と同じこと言うの。あのねぇ、今のところこれしか楽しみないの。運動もできないし、旅行なんか論外だし、ほっといてくれる」

「運動してたのか？」

自分でも驚くほど何も考えずにサトーの口は反応した。……それでも？　と付け足すのは無意識に理性が働きストップがかかった。

サトダの周囲を急速に不穏な空気が取り囲んだ。別人格が現れる前触れか。

「ネエ、ひょっとしてこれのこと言ってるの？」

そう言ったかと思うと、サトダは箸を置き両手を豊満な胸の下にあててそれを持ち上げた。お値段の良さそうな大きめのグレープフルーツ。柔らかそうな二つの球体は穏やかそうに見えるが、持ち主のサトダの目は笑っていない。

「イヤ、イヤ、全体的に……」

それ以上事態を悪化させないための言葉が見つからず、あせったサトーは目を泳がせながら、視線に入った升を持ち上げた。空になっていた升に気づくと、あわてて受け皿に残っていた酒をすする。

サトーのあわてぶりを冷たい目をして見ていたサトダは、フッと鼻で息を吐きだした。

「……いろいろ話してもいいんだけどさ、懺悔のつもりで。でも絶対情けなんかかけるなよ、サトー」

冷静さは戻ってきているようだが、アルコールの影響が少しずつ出始めている。サトダの箸が特製のサツマアゲをつまむ。何度かゆっくりと噛み、サトーがしたように受け皿にあふれた酒で流し込んだ。

サトダに〝同情〟がご法度なのは昔から十分心得ている。

「サトーさぁ、今どっか悪いとこない？　そう体。中年になったら薬の一つや二つ飲んでるんでしょ？」

「アァ、定期健診で血圧高いって言われて、一番弱いやつだからって薬もらってる。コレステロールと尿酸はギリギリでセーフ。脂肪肝はけっこう前からで、健診のたびに運動やれって言われる。これがなかなか実行できないんだよな」

なんだコイツ、中年仲間の酒の席での定番テーマなんか持ち出してきて……あのサトダも普通の中年女ってことか、とサトーは半分ホッとし半分ガッカリした。

「ウン、そんなもんだよね。普通の中年男だしね」

中年、中年と何度も……自分がどれだけ若いつもりなんだ、とサトーは面白くなさそうな顔を向ける。どうしたの？　という顔をしてサトダが横目で見たが、その表情は何かを催促しているように見えた。

「クゥー、ここで訊くでしょフツー、サトダはどうなんだよーって。あうんの呼吸とかギブアンドテイクって言わない？」

それはちょっと意味が違うと思ったが、言いたいことはなんとなくわかる。自分では人と会話する時の反応は悪くないほうだと思っていたサトーだったが、カチンとしたぶんポーズができてしまった。

「わたしはねぇー」

と語尾を伸ばした後、

「似たようなもんだけど、ここと……ここやったよ。ガンね」

こともなげにそう言って、左手で胸と下腹を指さした後、サツマアゲにかじりついた。あまりにも簡単にサラッと答えたので、サトーは動揺するよりもポカンとしてしまった。〝ガン〟という病気の受けとめ方は昔とはかなり変化しているとは言うものの、シビアな病気であることに変わりはない。

しかも、ダブル。

サトダの升に酒を注ごうとしていたサトーは、口を半開きにして固まった。

「ナーニ、早く注いでよ。そんな驚くほどのことじゃあないでしょ。2人に1人くらいはなるんでしょ、今は」

でも、ダブルだろ。

止まってしまったサトーの手から酒ビンをひったくって、サトダは自分の升に注ぎ始めた。

「だ……大丈夫なのか、今。手術したの？」

注ぎ終えたサトダは、めんどくさいヤツだとでも言うように、酒ビンを置いた。中身がほとんど入っていない音がする。

「その質問、好きよねぇ。もうオペったから大丈夫……だと思う。上は40になってすぐ。下は4年前。一言でガンって言っても、いろいろだからさぁ。わたしの場合、お医者さんが嘘を言ってなければ、悪いタイプじゃなくて、しかも早く発見できてラッキーだったようだよ。なんてことなかった……かな？」

「そうかぁー、良かったなぁ。不幸中の幸いってやつだよな」

目いっぱい普通の反応だったが、なんとか返事することができた。もし自分がそうだったら一大事で、サトダのような大らかな対応は無理だ。サトーは、サトダの余裕はどこから来るのだろうと不思議だった。

「ただね、最初の時はストレスがかなり蓄積してた頃だし、4年前は泥沼に足を突っ込んでいた時だったから……。やっぱ肉体と精神ってリンクしてるってホントかもね」

まるで他人ごとのような言い方をする。それって自分に起きたことだよなサトダ、とサトーは確認したかった。けれども、ホントかよーなどと無神経に言おうものなら「じゃぁ傷でも見せようか」と服を脱ぎ始めそうなので、素直に相づちを打った。

しっかりと驚いてしまったせいで、すぐにはピンとこなかった。渇いた口を潤そうと升を口に運ぼうとした途中で、電撃的に思い起こしたサトダ姉の言葉。不幸な話をしている最中に〝お楽しみに〟と呪詛のごとく言い放った言葉。サトダ姉の「生きながらえている……」の意味は、サトダがそれなりに大変な病気を克服してきているということなのか。

たいしたことなかったかのようにサトダは軽い調子で話したが、中年病の小技をチョロチョロと出しているサトーにとっては、大いにたいしたことだった。

サトダの言う「なんてことなかった」は、重大な病気や怪我で何度も手術をしたりつらい治療を繰り返したりしている人や、長期間の入院を余儀なくされている人と比較しての話で、病院通いをしているうちにサトダはそういうつらい思いをしている人たちを大勢見たのだろう。日常の暮らしにおいてできるだけ近寄りたくない病院という場所に、図らずも身を置かなくてはいけなくなったサトダが、その中で体感した思いにちがいない。

長い間ろくに口をきいたことはなかったけれど、サトダのことならよくわかる。サトダの事件の後、研究室の後輩が「里田さんって、佐藤さんと一緒になるって思ってたんですけど」と、いみじくも言ったくらいだ。サトダがどんなヤツか、今だって理解しているつもりだ。

「どうしてこんな話をしなくちゃならなかったのかっていうのはね、サトーが私のこと〝デブ〟になったって言ったからでしょ」

右肘をカウンターについて、左手に持った箸でサトーを指し、二度行ったり来たりさせた。

「ハァ？　言ってないだろ、そんなこと」

病気をしていたせいで運動ができずに脂肪の燃焼が不可能だった、と言いたいのだろうか。試しに訊いてみることにした。

「運動してないのか？　アスレチックジムとかジョギングとか？」

医師から運動しなさいと勧告されている者がする質問とはとうてい思えない。

「行ってるわよ、ジムぐらい。今はこれで休んでるけどね」

と、これまた箸で右の足首を指した。なかなか多彩な箸使いをする。

「何よ、その質問。わけわかんない」

「だって体動かさないと太っちまうだろ？」

頭をクッと振ってサトーの話を完全に無視し、升を持ち上げ左右に振ると、サトダは、

「源ちゃん、ウーロンハイー」

と怒鳴った。

「あのね、男と違って女の体ってデリケートなの。ホルモンとかいろいろね。体にメス入れるんだからいろいろ変化あるのよ、サトーにはとうていわからないだろうけど。誰もじゃないにしろ、それで太っちゃうってあるのよ。たぶん私も……エッ、だってそれしか思い当たらないもん。今までと同じに食べて同じに動いてんだからさぁ。マァ、精神的な問題が絡んでるとしたら……でもそしたら痩せない？　ストレスで過食にならない限り。私の場合は絶対オペが原因としか考えられない」

確かに、サトーは女性の体には詳しくなかったので、そんなことあるかいと突っこまず黙って聞いていた。ただ、サトダ自身も他の理由が見当たらないから、これが原因だ、と消去法的な結論を導いているので、どこか取り繕うような説明になっている。

「へエー、そういうのってあるんだ。取っちゃったぶんだけ軽くなるんじゃ……」

と軽いノリで言い始めたとたん、

「バカなんじゃないの、サトーって！　小学校の1年坊主か。アァ、もういいわ、この話は終わり。いいわ、サトーにデブって言われても。ヌード撮ってもらおうってんじゃないし。源ちゃん、お酒まだぁー」

突然怒鳴られたサトーは、他には誰もいない店内を見回した。気に障ることを言ってしまったのかと思い返したが、たぶん何も考えずに言ったので、まるで記憶にない。記憶にあるのは、焼き立てのホッケの骨をはずそうと集中していたことだけだ。食欲に負けてサトダをなおざりにしてしまったようだ。それにしても、ヌードってなんだ。

「どうしたの、でっかい声出して。悪かったな気が利かないで、ハイ」

調理場から小走りで寄ってきた源ちゃんが、サトダの前にウーロンハイのグラスを置いた。

「ずいぶん楽しそうにやってるなって思ったんだけど。怒るとシワ増えるぞ」

自分の目尻を中指でポンポンして、源ちゃんは逃げるように引き揚げた。

「ネエ、源ちゃんまでそういうことするわけ。全く男ってどうしようもない生き物ね。男だって、年とればシワ増えるし腹は出てくるし、頭だって薄くなるのに、どうして女ばっかりそうやって言われなきゃあならないのよ。セクハラもいいとこでしょ。30代の頃にはさぁ、コソコソと忍び足でやってきたのにこの頃は大手を振ってバタバタと大きな足音立てて謙虚さのひとつも見せずにやってくるのよ、この〝年〟っていうヤツは。アァ、もうトイレ。源ちゃん、まともな鏡あったわよね。バチッとシワ埋めてくるからさぁ」

サトダは椅子から降りると、意外にしっかりした足取りで店の奥、といってもそれほど遠くないトイレに向かった。飲んだ後のほうが足も引きずっていないように見える。

「ああして肩肘張ってるけど、けっこうきつかったみたいだよ。スタートがスタートだったしね。後戻りできないってずっとそればっかり。人生誰だって間違いあるよね、特に若い時はさ。でもさ、全部とは言わないけど、だいたいがリカバリーできるんだよね。あいつのセカンドチャプターってのに期待してるんだけどね、自分は」

カウンターの向こうからしみじみと話す、源ちゃんのアフロヘアが微かに揺れている。体が健康であってもつらいことっていっぱいあるのに、肉体にも大きなダメージがあるのってどんなだよ、オレには耐えられないか、とサトーはサトダの置いていった箸先に視線を落とした。

「理香ちゃんには湿っぽいの厳禁だよ、佐藤さん」

サトダがトイレから出たのに感づいた源ちゃんは、たぶん魅力的だと自信を持っているらしい下手くそなウインクを送って、顔を引っ込めた。

「何かコソコソやってたでしょ、男同士で。ヤらしい」

戻ってきての第一声がこれだ。


「そう言えば、お姉さんどうしてる？」

話題を変えるには絶好の機会だった。サトダの一言を無視して訊いてみる。サトダに引けを取らないキャラの、あのサトダ姉の現在がサトーはひどく気になっていた。

「ウ、この前話さなかったっけ、ダンナ連れ帰ったって。興味あるの、あの人に？　あまり関わらないほうが身のためよ」

サトダは、隣近所の偏屈な年寄りには関わるなと忠告しているのと同じ言い方をした。

「そういうわけじゃあないけどさ。積極的に関わるつもりはないけど、なんか気になってさ。複雑な夫婦なんだなって思うとね。あの時も、初めて話すのに深い話聞かされたんだ」

「そういうの得意なの、あの人」

毎度のことであきれるわといった顔をして、サトダは片肘をつきサトーを見た。あの人呼びをしているくせに、サトダとサトダ姉の距離が遠く感じないのはなぜだろう。

「鳥取だか京都で何があったかよく知らないけど、お義兄さんが言うには、帰ってからしばらく放心状態だったらしいよ。僕のせいなんだって言ってたから、やっぱりアレの線よね」

「……アレ?」

「アレったらアレしかないでしょ、ダンナがいなくなって妻が連れ戻したって言ったら。お決まりのヤツよ。まさかって思ったけどね、どっかに行っちゃったって聞いた時は。あのおとなしくて生真面目な人が、って。でもさ、逆に危ないって言うじゃない、そういう人が50、60になった頃に燃え上がっちゃうとさ、フフフ」

小指を立ててグラスを持っていたサトダのその小指が、痙攣した。

そういうことか……で納得していいものかどうかはっきりしなかったが、妹の話だ、真実からそう遠くはないだろう。……っていうことか、痙攣の治まったサトダの小指を横目で見ながら、

「悪魔が囁くことってあるんだよな、耳もとで」

とサトーがつぶやいた。

「アレ？　不倫願望。イヤイヤ、あたしが責めることはできないけどね」

またサトダの小指が小さく痙攣する。またほじくり返す必要はないと思い、サトーはこの発言を無視した。痙攣が止まらなくなると厄介だ。

「でも、失踪した連れ合いを連れ戻しちゃうってすごいよな。さすがサトダの姉さん。電話で話した時も、こんな世の中でも私は負けない、みたいな覚悟あったもんな」

「そりゃあそうでしょうよ、あの時かなり崖のそばまで追いつめられてたからね」

サトダの眼球の裏側に、東尋坊あたりの断崖絶壁が映し出された。

「それで、今は大丈夫なのか、夫婦関係？」

サトダが疑惑の目を向ける。

「ナニ、やっぱり姉貴に興味あんの？　夫婦関係ヤバかったら自分が立候補しようってこと？　奥さん子ども投げうって。やめたほうがいいよ、あたしみたいになるの目に見えてるから」

涼しい顔をして、ウーロンハイをあおった。

「タッ、そんなことあるわけ」

ないか、アアッーっとサトダが引き継いだ。けっこう飲んでいるのになかなかの反応だった。

「じゃなくて、心配なだけだ、サトダの姉さんだし。説教も食らってるし」

「わかってるって、そんなこと。昔から変わらないよね、サトーって。お義兄さんとはちょっと質が違うけど、真面目だもんね。マ、嫌いじゃないよ、そういうとこ」

サトダはグラスに残った氷をカタカタさせて、源ちゃーんと大声を上げてお代わりを催促した。


サトダのペースに終始した2人の飲み会は、8時過ぎにお開きとなった。開店して間もなくに訪れたのでまだまだ子どもの時間だとサトダはごねたが、うまく酔えなかったサトーが冷静さを残していて、足、足、とアピールしてようやく納得させた。

路地の途中で、肩組みをした男二人とすれちがう。あの店で飲み直しか……この先にはあそこしかない。一人はけっこうできあがっているようで、「裏切り者」とか「桜が嫌いって何だ」とか訳のわからない声を上げていた。

クランクを何度か曲がり路地を出た時、サトダがつぶやいた。

「〝ますはん〟で一緒に飲んだ客でいたなぁ、桜大っ嫌いな人。私もさぁ、状況が状況だったせいもあって、桜好きじゃあなくてさ。なんとなく嘘っぽくない、あの咲きかた？一回だけだったけど、やけに意気投合しちゃって……」

サトーは「何、ますはんって?」と訊いたが、サトダの神経回路は既にところどころショートしていて、返事が返ってくることはなかった。

サトーとサトダ　2

(1)

「もしもし、サトー、聞こえてる?」

「なんだぁ、サトダか。どうした?」

「ご挨拶ねぇ、なんだ、どうしたって。あれからずっとご無沙汰じゃない。独り身になった完熟女が別に男は不要って言ったら、それっきりってこと?　冷たかない?」

久しぶりに電話をしてきたと思ったらまたこれか、とサトーはスマホをふさぎ、思い切り舌打ちした。電話の受け答え一つにしても気を遣わないといけないのでは世話が焼ける。長くなりそうな気がしたので、デスクから離れてエレベーターホールに移動する。

「ウワァ、図星ってこと、その沈黙」

構わないようにしようと思ったが、ちょっと腹が立った。サトダが女じゃなくて、目の前にいてこう言ったら、ぶっ飛ばしている。これがサトダだとは理解しているつもりでも、ひと月ほど前に飲んだだけでは昔の感覚を完全に取り戻せていない。カムバックしたプロアスリートでも、試合勘を取り戻すのに苦労するという。サトダのノリにフィットするのには、もうしばらく時間が必要だ。

「あのナァ、これでも無職でフラフラしてるわけじゃないし、カミさんにもいろいろとこき使われてるし、何かと忙しい身の上なんだって。だいたい今仕事中だぞ」

こう言ったすぐ後にその3倍くらいの皮肉や罵声が返ってくると覚悟したが、「……じゃあダメか……」と、落胆が目に見えるようなボソボソとした声が聞こえた。昔のサトダをよく知るサトーにとっては、違和感が先に立ち、反応の仕方を模索するハメに陥った。クイックモーションでパンチが飛んでくるものと予想しガッチリブロックしていたのに、敵がファイティングポーズをやめてしまったので、レフェリーにどうしたらいい？　という視線を送っているボクサーみたいになってしまった。

「オ、オイ。どうしたんだ、また体の具合でも悪いのか？」

満身創痍のサトダを思い出し、素直な気持ちで尋ねた。

「ナニ、私がいじらしい声出したら体のせいだってこと。心の心配はしないの、コ・コ・ロ！ふつう弱々しくつぶやいたらそっち気になるでしょ、違う？」

レフェリーに確認している間に、時間差ですごいのが飛んできた。いかなる時も油断してはいけない。

いつものサトダであると確認できたので、古びてはいるがサトダマニュアルを思い出しつつ対処していけばいいだろう。もともとサトダの精神構造は単純だ。

「反対側の足でも折ったのかと思ったんだ。その勢いだったら、あまり心配することなさそうだな。それよりどうしたんだよ、マジで」

サトダが何か言い返しそうな感じが伝わってきたが、珍しく自制心が働いたようで、うんマァという呟きに変わった。

エレベーターのドアが開き、若手の女子社員が軽く会釈して通り過ぎる。

「どうも、サトーと話してるとエキサイトするなぁ。実は頼みがあったんだけど……」

前半はひとり言、後半は目の前にいる相手に話しかけているような言い方だった。

「アッ、仕事中だったよね、ゴメン。じゃあ、仕事終わったら電話くれる、悪いけど……。もちろんケイタイ。メールでもなんだから。ウン、いいよ。待ってる」

やけにおとなしく素直に引き下がったもんだ。今話していたのがほんとにサトダだったのだろうかと、サトーはスマホの画面を見たが、そこには正体不明の人型が映っているだけだった。

〝いつでもいいから〟ではなく〝仕事が終わったら〟という条件付きだったので、そこそこ急ぎの用事なのだろう。仕事を終えたサトーは、社屋のロビーの端っこに腰かけてサトダの登録画面にタッチした。

呼び出し音1回でつながる。

「ハーイ、サトーありがと。もう仕事終わったんだ。じゃあ大丈夫ね、話しても」

少々ハイテンションではあるが、ごく普通で正常な会話から始まった。逆に怖い……。

「どうしたんだ、何か急ぎの用なの？」

「ウン、ちょっと言いにくいんだけどさぁ。この前飲んだ時、うちでワンちゃん飼ってるの話したっけ？　言わなかったよね、ウン」

突然ペットの話が出てきたので、サトーは無意識に身構えた。その犬とやらもメスなのだろうか？　それより、この歯切れの悪い話し方はなんだ。サトダらしくない。

「昔のよしみでさぁ、今度の日曜日、うちに来てくれない？　わけは会ってから話すから……。なんとかならない？」

さすがのサトダでも、人にものを頼む時は殊勝になるらしい。でも、サトダっぽくない。

「わかってるよ、ずぅーとご無沙汰しててちょっと前に会っただけなのに、こんな都合のいいお願い変だってこと。しかも日曜日。奥さんにも悪いし……。でもスクランブル状態なんだよね、今、うち。サトーが頼みの綱」

これだけ下手に出るということは、よほどの事態なのかとサトーは気になってきた。

「アァ、昼間だったらなんとかなるよ、きっと。6時から仕事で会わなくちゃならない人がいるんだ」

「ウワァー、ありがと。サンキュー。でも日曜の夜も仕事なの？　稼いでるじゃない」

少々もとのサトダに戻った。

「その時間じゃないとまずいんだ。向こうの都合でね」

「そっか、けっこう大変だね。こっちは遅くとも夕方までには片づきそうだから。頼める？」

「わかった。他ならぬサトダの頼みだからな」

「ホントありがと。今度また飲みに行こ。私おごるから」

この前みたいになるなら丁寧に辞退するつもりだ。

「そんなに気にするなって。うちのカミさんも日曜はお出かけらしいから一人で家にいてもしようがないしな」

「嘘でもそう言ってくれると嬉しいわ。熟成女でよければ少し差し上げてもいいけど」

カウンターで持ち上げた重量感のあるバストがサトーの頭の片隅を過ぎったが、頭をブルブル振ってその映像を消去する。完全にもとのサトダに戻っている。

「アァ、アァ、そのうちごちそうになるから。とにかくその見返りは別として、最初のオファーは引き受けるよ。とは言うものの、いったい何すりゃあいいんだ」

「詳しいことは会ってから話す、ってことじゃダメ？　そんなに難しいことじゃないから」

詳しいことは会ってから話す——よく聞くセリフだが、まずは不穏な内容であることが多い。テレビのサスペンスドラマなら、そう言った相手はまず殺されてしまっているのが常だ。

それにしても、やけにもったいぶった言い方をする。

「わかった。それで何時に行けばいい？」

サトダが生きていてくれるのを祈りながら、サトーは訊いた。

（2）

指定された日曜日の朝9時過ぎ、サトーはサトダの住むマンションの前にいた。骨折の後遺症なのか酒のせいなのかわからない、ふらつくサトダを介抱しながら送り届けた場所だ。

朝陽の下で見ると、4階建ての白い外壁のマンションで立派な造りをしている。一目で大手のデベロッパーが手掛けたものだとわかる。あの時は気づかなかったが、駐車場やその周囲にも緑が多く、建物自体も低層にして〝武蔵野〟のイメージをコンセプトに建てられたのだろう。木々の新緑が美しい。

いちおうはオートロックなんだ、とバッグの中をガサガサとかき回したあげく、アァここだったと言って黒いパンツの後ろポケットからキーホルダーを引っ張り出したサトダを思い出した。もう1カ月たつ。

エントランスの壁に設置してあるセキュリティーボードの前で、サトダが教えてくれた3桁の部屋番号を押す。すぐに「アッ、サトーね」と明るい声が聞こえる。

生きていた――。

オートロックセキュリティーシステムのマンションは、一歩間違えれば排他主義者の集団住居になってしまうかもと一時は考えていたサトーだったが、それはIT産業に関わる者としての自戒でもあった。しかし、〝不審者は絶対入れません〟をキャッチコピーにしていても、それほどシビアなセキュリティーシステムにはめったに出くわさず、ほとんどのマンションのセキュリティーは〝マァマァ、このへんでいいんじゃない?〟的な曖昧さなので、サトーはむしろ気に入っている。

サトダの住むこのマンションも、その〝マァマァ〟の典型で、ガラスドアの開いている時間は住民の後にくっついて入るには十分な長さだった。

今開けるからねぇー、とサトダが答える前に、コンビニのレジ袋を下げて帰ってきた男がドアキーを使ってセキュリティーを解除した。サトーを不審者ではなくまともな訪問者であると認識したのか、どうぞと声をかけてくれたので、一瞬躊躇したが会釈をして後に続いた。

悪徳セールスマンや下見にきた空き巣とは疑われずに済んだサトーは、「怪しく見えませんでした?」とふざけるのをやめ、エレベーターの中で「ありがとうございました」とノーマルなお礼をした。

細長いマンションは一直線に8世帯が並んでいて、その中央にエレベーターホールがある。サトダの家は308、3階の一番端っこになる。エレベーターを降り、308方向に歩いていくと、2メートルほど手前でサトダの家のドアが開いた。リラックスしたダブダブの部屋着を着たサトダが、サンダルをつっかけて笑顔でドアを押さえている。

「ゴメンねぇ。せっかくのお休みなのに。ここすぐわかったぁ?」

1カ月前の記憶が欠落しているのか、逆に自分の記憶を疑っているのかはわからなかったが、とりあえず「アァ、大丈夫、全然迷わなかった」と、答える。

「よかった。マァとにかく入って入って。サトーにかっこつけてもしようがないから片づけてなんかないよぉ」

少しも言い訳になっていない言い訳をして、軽くステップを踏みながら奥へと進んでいく。どうもご機嫌らしい。

どうぞーという声に従って廊下を進むと、朝陽のいっぱい入り込んだ明るいリビングルームが広がっていた。部屋数がいくつあるのかよくわからなかったが、外見よりはずいぶん大きなスペースのようだ。

サトダは「ネェ、何か一言ない?」と言いながら、両手を後ろ手にしてサトーの周りを跳ねている。落ち着かない中年女だ。

「立派なマンションだな。ロケーションもいいよなぁ」

と、リビングルームを見回しながら答える。サトダの求めている答えでないのはなんとなくわかっていたが、意図が読めない時はこういうプラス思考の答えをしておけば問題ない。実際いい物件だと思うのだから、嘘はついていない。

動きを止めたサトダは、物言いたげな視線をサトーに送る。今の誉め言葉が気に入らなかったかとサトダを見返すと、左目をつぶって右手の人差し指を下に向け、おもむろに上下し出した。

「……フローリング？」

サトダは、こいつ物わかりの悪いヤツだという表情を露わにして、今度は右足を少し上げブラブラしだした。そしてまた指さす。

（……ア、そうか。疲れる女だ。サッサと言えばいいだろ、良くなったよ、って）

「オォ、調子良さそうじゃあないか、アシ」

リクエストに答えてやることにした。せっかくアピールしているのに、つまらなそうなリアクションをしてがっかりさせることもない。自分でも驚くほど鷹揚な対応だと、サトーは自分を褒める。

それにしても面倒くさい女だ。

「さっきからスキップしてたでしょ。気がついてよ。なんならムーンウォークでもしようか、と思ってたんだぞ」

顔つきから察すると、朝から躁状態のようだ。もう少し驚いてやることにする。今日のサトーはサービス精神にあふれている。

「イヤァー、絶好調だな。よかった、よかった」

満面の笑みをしっかり見せて、祝福する。

「もうジムにも行ってるからね」

まだ根に持っているようだが、両手で胸を持ち上げるまねはさすがにしなかった。けっこう酔っていたわりにはよく覚えている。ショックだったのだろうかと、サトーは自分の無神経さを少しばかり反省した。

「今お茶入れるから、そのへん座ってて」

と言い残して、サトダは奥のキッチンに向かった。

かなりの大きさのリビングで、50インチはありそうなテレビの前にはグレーのカバーをつけたソファーが、反対側のスペースには足高の丸テーブルと2脚の椅子が置いてある。

そのへんがどのへんだかわからなかったが、2人してテレビを観る予定はなかった。座り心地はソファーのほうがいいのはわかっていたが、普段ここでお茶してるんじゃないかと想像して、丸テーブルに付属したクラシック調の椅子に腰かけた。長く座るには機能的に問題がありそうだが、そんなに長く茶飲み話をするつもりがないのでこれで十分だ。

片づけてないとサトダは言ったが、部屋中に物があふれていて、片づけられていないというより適度に生活感のある小ぎれいなリビングだ。正面の大きなガラス窓からは、太陽の光の束が見えるくらい陽ざしが入り込んでいる。高層マンションのように上から見下ろす感覚がないのが、サトーにとっては逆に好感の持てるところだった。その上、そのガラス窓の向こうに見える景色には、ひどく高い建物がないのも心地よい理由だった。

「ウーン」と唸り声を上げ、ここがサトダ母子の住む要塞かと感慨深く周囲を見回す。窓とは反対側の白壁には、母と娘を描いた線描画が飾られている。何やら意味ありげだが、美術関係にはとんと疎いサトーは話題に出さないでおこうと決めた。下手に「誰の作品？」と訊いたりしたら、「エーッ、知らないの。サトーって割と無知なのね」とバカにされるのは目に見えている。ここに来た本来の目的とは遠くかけ離れている。

ソファーの向こうの大画面テレビの横には木製のリビングボードが並んでいて、その上には派手な色をした花が生けてある。花の名前にも詳しくはなく、ましてや華道のように何々道と言われるものについては全く無学のサトーだったので、これも見て見ぬふりをしようと思った。サトーには何が何やらわからない。

「なかなか素敵でしょ」

サトーが生け花から視線を外そうとしたその時、背後からサトダの声がかかった。サトダにはサトーの後頭部しか見えなかったが、表側には口もとをひん曲げたサトーの顔があった。

「へェー何、サトダが生けたの？」

振り返った時にはすでに体勢を立て直し、このシチュエーションでは誰でもがするであろう質問を難なくこなした。

「ウン、自分ではけっこう才能あるかなって思ってるんだ」

ブラックでよかったよねと言いながら、湯気の立つコーヒーマグをテーブルに置き、その作品のそばに寄る。

「ナァ、生け花なんてやってたっけ？　興味あった？　花なんかに」

「どんだけ昔の話してんのよ、サトーって。離婚を機に始めたんだ。ドロドロでやんなっちゃってさ。心の癒やしなんてバカにしてたけど、不思議と落ち着くんだ」

サトダは自分の作品の前に立ち両手を広げて優しく囲み、オーラでも発しているような仕草をした。

「生け花ってのはね、当然主役は花なんだけどね、それだけじゃあダメなのよね。周りにちょっと控えめな花や葉があったり、花器があって、そして空間があって花が生き、全体が一つの世界になるのよ」

サトーを振り返りながら、哲学的ともいえる解説をする。やっぱりサトーには何が何やらわからない。

「それって、いいジャブがあたってるからストレートパンチがヒットするってこと？」

スポーツ分野なら得意のサトーは、サトダの説をボクシングにたとえてみた。

「ウーン、ちょっと違うかな」

「じゃあ、ストレートが速いから変化球が生きるってことか？」

「ウーン、ちょっと近づいたかな？　でも、どうしてボクシングだの野球にたとえないと理解できないの。素直に受け入れるのってできない？」

自分としてはいいアイデアだと思ったのだが、新進の華道家はお気に召さなかったらしい。

「奥が深そうな話だったから、浅めにして理解しようと考えたんだけど、うまくいかなかったか？　とにかく、サトダが生けたのは事実なんだよな」

「もういいわ」

と、関西の芸人さんのように話を打ち切ったサトダは、上出来の作品の前からサトーの座っていたテーブルに移動して、マグを手に取った。

不用意な発言をしないように気をつけていたサトーだったが、部屋に入ってからずっと気になっていたことがあった。日曜の朝だというのに、このマンションの部屋にはサトダ以外人気が感じられない。サトダの話を信じるなら、少なくとも他に2人の女性が存在しなければならない。もっとも、このマンションに全員が暮らしているとは限らない。日曜の朝寝を決め込んでいるのか、旅行にでも出かけたのか、それ以外の想像は警察沙汰になる可能性もあるので考えるのをやめた。

いちおう確認してみる。

「サトダ、一人なの？」

「アァ、今その話しようとしてたんだ。サトーへのお願いにも関係してるし」

会ってから話すという詳しい話がいよいよ始まる。コーヒーを二口飲んだサトダは、サァ話すかという姿勢をとった。

「私以外の女3人は外出中。お願いする人にはきちんと話さないとね。まず母親――フラ習ってるのよ、4、5年前から。それで昨日から茨城で交流を兼ねてのお勉強会ですって。もうウキウキよ、衣装がどうの二の腕がどうのって。二の腕って言っても、70過ぎてるんだからプルプルしてたってしょうがないでしょ。なんか、未亡人になってから生き生きしちゃって……」

久しく聞かなかった〝未亡人〟というワードがなぜか新鮮で、サトーは会ったことのないサトダ母の喪服姿を想像しようとする。フラダンスとのギャップが大きすぎてうまく像を結べない。代わりに、ブラックコーヒーを一口飲んだ。

「次に例の姉ね。あれから何があったかよく知らないけど、あの姉がそのまま黙っているわけないでしょ。無事に済んだとは思えないわね。阿鼻叫喚ってやつ、たぶんね。仕返しをしてるつもりか何か知らないけど、今は山ガールよ。筑波山あたりでガマガエルとでも戯れてるんじゃない。全く北に南にと忙しいことよ」

この発言にはなんの迷いもなく賛同する。お義兄さんとやらもただで済むわけがない。ガマガエルの件は知らんぷりを決め込んだ。

「お姉さんも一緒に住んでるんだっけ？」

サトダに負けず劣らずの爆弾中年女の不在を神に感謝しつつ、サトーは訊いた。

「普段はこの近くに住んでるんだけど、ナンダカンダ言って入り浸ってるのよ。置いてきぼりになってからは、こっちにほぼ居候」

アア、だからあの時電話に出たのか、と納得する。

「最後に、独身を貫いている妹。どういう風の吹きまわしか、また婚活ミステリーツアーとかに参加するって一昨日からお出かけで、タイトル通りどこへ行ってるか何してるかまるでミステリー。殺されでもしてなけりゃあ、どこで何しててもいいんだけどね。姉２人の様を至近距離で見てるのに、よくそんなツアーに参加できるのか不思議よね、理解不能」

マァそのおかげで義兄を確保できたのだから、感謝するか。サトダは左手で髪をバサバサやりながら、またコーヒーを一口飲んだ。

「……というわけで、今この里田家でここにいる人間は私だけ。変な気起こすなよ、サトー」

「またそれかい。それにしても、忙しい家族だな……ン？　人間って言ったよな、今」

サトーに人差し指を向け、サトダはしてやったりの顔をした。

「ハイ、よく気がつきましたぁ。なかなか鋭い子だね、サトーって」

何言ってんだ、こいつは。

「実はさ、ここからが本番。イントロが長かった？　ちょっと待っててね」

そう言い残して、リビングを出ていく。

サトーは、マグを片手にサトダが生けたという作品を見やり、正座したサトダが真剣な顔で花を生けている光景を想像しようとしたが、花を生けているどころか、水盤の前にきちんと座っているサトダさえ思い浮かんでこなかった。サトー自身ナントカ道は苦手としていたが、サトダもこの道一筋というイメージがない。あったとすれば、あの時だ。今でこそ仇となってしまった、もと夫を奪ったあの時。

自分のことさえ見失って一途に突き進んだのは、正に〝道〟そのものだ。愛の求道者になっていると言っても過言ではないか？　ひょっとしたら、サトダの中には〝道〟を極めるという資質があるのかもしれない。

サトーは、サトダが心を込めて生けたという花をぼんやりと眺めていた。

「そんなに気に入っちゃった？　けっこう嬉しいな」

さっきからキャンキャンという鳴き声はどこから聞こえるのか、意識の片隅では気になっていたが、その声は後ろに立っているサトダが抱えている小さなケージの中からだと確信した。サトダにしては、混じりっ気のない笑顔で大事そうにケージを下ろす。

忘れていた。あの時、犬だかペットだかの話をしかけて中途半端な会話に終わったことを。

「これが例の……ペット？　このマンション、ペットＯＫなの？」

「ウン、大きさ制限あるけどね。馬や牛なんかはまずいでしょ」

そんなつまらない冗談を機嫌よく言いながら、サトダはケージを開け、キャンキャンと落ち着きのない小型犬を抱き上げた。顔の割には大きな三角形の耳が立っている――どこかで見たような犬だ。

「ウーン、いい子、いい子……」

あのサトダが頬ずりしている。

「なんていう犬種なんだ、それ」

小学校2年の時に野良犬に追いかけられて以来、犬猫にはあまりいい印象を持っていないサトーは、犬も猫も鳴き声くらいしか知らないといってもいい。

「あんまり知らないんだね、サトー。この子はパピヨン、ほら耳が蝶々みたいでしょ。名前はハリー、オスね」

サトダが嬉しそうに話すのとは対照的に、サトーは鼻の頭にシワを寄せた。

「さっきから気になってたんだけど、サトダってペットのこと〝この子〟って言うタイプ？死んだら一緒のお墓に……なんて考えてないよな」

今度はサトダの鼻にシワが寄る。

「ダメなの、この子って呼んじゃあ？　里田家唯一の男なんだよ。リスペクトしちゃあまずいの？　用心棒なのよ、ハリーは」

ハリーは2人の言い争いにまるで無関心で、サトダの腕の中でさっきとは違う甘えたキャンキャンを続けている。紛争の原因が自分であることなど知る由もない。

「内政干渉するつもりは一つもないけど、犬は犬だろ。服着てるのはミッキーマウスかドナルドダックくらいで十分じゃあないか」

サトダの愛するハリーは、緑色をしたギンガムチェックの切れっ端のような服を胴体部分に取り付けられている。本人（本犬）の好みはどうでもよく、飼い主の趣味にすべて委ねられた選択だ。ひょっとしたらタータンチェックのほうが好みかもしれないし、服など着たくないというベーシックな問題を抱えているかもしれない。押し黙ったサトダに、サトーは日頃気になっていた質問をしてみた。

「この前、テレビでディズニーランドの特集やってたんだけどさ。ミッキーとかミニーとかは服着てるんだけど、ちょっと名前は知らないけどスリムな犬やリスみたいなコンビはヌードなんだよな。あれって理由があるのか」

けっこう本気で質問したサトーだったが、サトダはあきれた顔で、答えるのも嫌だという表情をした。サトーは気持ちを落ち着けようと温くなったコーヒーを一気に飲んだ。

「もういい、サトー。もうついていけない。そういう高度な疑問はまたにしてくれない？それより現実に戻ってよ」

「……だよな。ちょっと気になってたもんだから。また別の機会にでも」

別の機会はなくていい……とサトダは一蹴した。

「そんなことどうでもいいから、今日の本題ね……サトー、ワンちゃん嫌い？」

やはり、サトダが電話で話していたのは聞き違いではなかったようだ。電話の時もうっすらとは感じていたのだが……。少なくとも、この犬を秘密裏に始末してくれという依頼ではなさそうだ。

家族全員がそれぞれの理由で不在、たぶんサトダもこの後なんらかの理由で家を空けなければならない。つまりその間このハリーちゃんの面倒を見てくれないか、というのがサトダの依頼であるはずだ。ホームズでなくても、これぐらいの推理はできる。

一時も休まず動いているハリーを撫でながら抱えていたサトダの目が、媚びるようにふらついた。こんな目つきをしたサトダを今まで見たことがない。

「実はさぁ、これから離婚の後始末をしに弁護士さんに会いに行かなきゃあならないんだ」

モゾモゾと動くハリーの頭を撫でる。

「もうずいぶん前だろ、離婚成立したの。まだ片づいてないの？」

サトダのふくよかな胸の中でちっともじっとしていない獣を見やった。

「よくわからないんだけどね、財産分与とかって言ってた。財産って言うほどたいしたものないんだけどね。きっちりしといたほうが後腐れないからさ」

「フーン、そういうわけなら引き受けるよ。ケージに入れといてくれるんだろ」

「……ン？　だったらサトーに頼まないんだけどな。この子けっこう神経質でさ。ずっと狭いとこに入れとくとストレスあるみたいなの。入院中もつらい思いさせちゃったしね。帰ってからずっと元気なかったんだ。リビングの中だけでいいから、自由にさせといてくれないかな？」

申し訳なさそうなサトダの顔を見て、犬の閉所恐怖症なんて聞いたことないぞ、というセリフを我慢した。動物を愛する気持ちは敬ってやらなくてはならない。

「わかった。でも噛んだりしないよな。小さくても噛まれたら痛いって聞いたぞ」

「大丈夫……だと思う。見てるだけでいいからさ。ハリーは勝手に動いてるから、テレビ見ててても本読んでてもいいよ」

大丈夫、の後にポーズがあったので、若干嫌な予感がした。

「じゃあ、このリビングにいるだけでいいんだな。エサは？」

「ウン、今からペットフードあげちゃうから、その心配もないよ」

サトダはサトーが引き受けてくれたのに安心したのか、ハリーを床に下ろしペットフードを取りにリビングを出ていった。当然ハリーはサトダの後を追うものだと思っていたサトーだったが、友達づきあいを拒否しているサトーに向かってハリーはチョコチョコと歩いてきた。困惑したサトーは立ち上がろうとしたが、用心棒ハリーは敵だと認識していないようで、サトーの足もとをクルクルと回っている。その上、サトダに抱かれていた時に発していた甘ったれた鳴き方までしだした。

なかなか可愛いじゃないか、おまえ。サトダもきちんと躾《しつけ》てるようだ、よしよし、いい子だ……いい子？　今のはいったい誰が思ったんだ。獣アレルギーと言ってもいい自分が、まさか犬に向かっていい子とは。

サトーが自己矛盾に陥っているのも知らず、ハリーはサトーの足に体をすり寄せて、親愛の情を示している。ひ弱な動物にここまでアタックされて突き放すのは、人間として情けない。愛情を持ってこの数時間つき合ってやろう、とサトーは決めた。

「ゴメンねぇ、新しい箱開けてたから」

サトダがドッグフードの入ったプラスチックの深皿を持って戻ってくると、ハリーは先ほどとは全く違う生物に変わる。その動きが3倍速になり、不規則な運動をしながら唸り声を上げ始めた。

「それでさ、サトー、今日3時くらいまで平気？　早ければ昼過ぎには帰れる」

「言っただろ、5時ぐらいまでだったら確実にOKだよ」

「助かるぅ、できるだけ早く帰ってくるからさ」

サトダの足もとでは、鳴き声まで別の生物になったハリーが高速で動いている。

サトダが「待ってね」と言うと、ハリーはピタッと動きを止め、お座りポーズをとった。

サトダに似合わぬ優しい言い方。ハリーは飼い主様の言葉には従順だ。「ほらね」という顔つきをして、躾が行き届いているのをアピールしたサトダは、ドッグフードが山盛り入った皿を床に下ろした。一瞬ハリーは尻の辺りをあげようとしたが、それがフライングだと気づいたらしく、サトダの顔を見上げクゥーンと鳴いた。行儀のいい犬だ。

目の前に大好物を出されてストップをかけられたら、人間でも〝そりゃあないぜ〟とふてくされるところだ。犬から見れば残酷な躾をされたものだ。

「いいよ、ハリー」

驚くほど優しいサトダの声が終わらぬうちに、ハリーはわき目もふらず皿の中に低い鼻を突っ込んだ。それ以外はこの世に存在していないかのような集中力だ。

サトダは満足そうにウンウンしている。

「じゃあ、用意しちゃうからよろしくね」

と言い残し、再度リビングを出ていく。カシャカシャとドッグフードがプラスチックの皿に当たる音と、カリカリとハリーが噛む音だけがリビングに広がる。

ちっこいくせによく食べるヤツだなぁ、とサトーは感心しながら眺めていたが、あまりにも夢中で食べているので興味がわいてきた。椅子から立ち上がって、食事中のハリーのそばに寄り、もっとよく観察してみようと顔を近づけた。

分別のない好奇心のせいで重大な悲劇が起こることはよくある。

「グァアン!」

ついさっきまで親愛の情を示していた里田家の用心棒は、過去のことなど忘れ、今や牙をむき、一人前の獣であるかのような唸り声をあげて、サトーの顔に突進した。

「イタダァア」

かろうじて悲鳴であるとわかる大声をあげたサトーは、顔面に張りついた物体を抑え込もうとした。凶暴な獣と化したハリーは、サトーの顔面中央の突起物を狙ったようだ。確かに噛みつきやすい。興奮状態の中で合理的な判断をするとは、さすがに里田家の用心棒である。

異変を感じて廊下を走ってきたサトダが見たのは、床に尻もちをつき言葉にならない音声を発しながら、顔面に張りついたヒトデのような宇宙生物を必死に引き剥がそうとしているサトーの姿だった。

「ウワッ、ワァー、ダメダメダメ、ハリー、ダメ！」

いくら飼い主に従順な犬でも、一度牙をむいたら簡単には後に引けないらしい。何世代にもわたって人間のペット用に品種改良されてきた座敷犬の中に、わずかに残った野生の血が騒ぐのだ。それは、今でこそペット犬に落ちぶれてしまったが、自分は野生のＤＮＡを受け継いでいるのだという、彼なりの矜持なのかもしれない。

慌てたサトダも一緒になってハリーを引き離そうとすると、「イテテテ」とまたサトーが大声を張り上げる。一瞬ひるんだサトダだったが、ここでやめたらもっとダメージを受けると思いなおし、また引っ張った。

「グゥエー、テテテ」

とサトーは血だらけの顔面を押さえており、サトダの両腕で抱き込まれたハリーは、まだ敵意をむき出しにしてグルグルと唸り声をあげていた。

「……は、鼻が……」

触った手の感触では、左側の鼻の半分ほどがブラブラと正常ではない嫌な動き方をしている。これは単に噛まれたとか出血しているだけの問題ではないことを、強烈な痛みの中でサトーは認識した。鼻に噛みついたハリーを無理に引き離そうとしたため、二次災害を引き起こしたようだ。

ウーウー唸っているハリーをなんとかケージに入れたサトダが、「救急車、救急車」とあまり聞いた覚えのない狼狽《うろた》えた声で、ガタガタと騒ぎ立てている。

「オレの鼻が……」

止まろうとする意欲のない血液が、ダラダラとサトーの肘を伝わって落ちる。自分の顔は、鼻は、どうなってしまったのだろう。そんな不安と強烈な痛みの中、サトーの脳はそれを鎮めるべく無関係な過去を思い起こそうとしていた。

こんな緊急時にもかかわらず、サトーの頭の中には中学の時観た映画が再上映されていた。何やらハリーによく似た生き物が主人公の、やたらやかましい映画だった。普段はおとなしいが、何かをすると凶暴な生物に変身してしまう。そう、今しがたのハリーのように。足もとにまとわりついていた可愛げのあるハリーと、牙をむきだして襲ってきたハリーは、とても同じ犬とは思えなかった。エサ……エサか。エサをやっちゃあいけないんだっけ……？　と、今さら考えてもせんないことを、鼻を押さえながら考えた。……でもあれは確か真夜中過ぎの話だったよな、と不思議と冷静に思い出している。この期に及んで、どうしてスプラッター映画ではなくてこんな妙な映画を思い出したのだろう、とサトーは能天気に思っていた。

「サトー！　がんばってね。今救急車来るから……死んじゃあヤダよ」

サトダの必死の叫びが遠くから聞こえてくる。

サトーが意識を失わなかったのは、すぐそばで大騒ぎしているサトダの大声が聴覚を刺激して、脳を覚醒させていたからに他ならない。

自分のペットが加害犬になってしまった罪悪感と、サトーの鼻がちぎれてしまって元に戻らなかったらどうしようという恐怖心と、狂犬病の注射はしているものの万が一サトーが死んでしまったら自分だって生きてはいられないという絶望感が、サトダを我を忘れさせるほどの心境にさせていた。

それに反しサトーは、流血しながらも意外にも冷静で、食いちぎられてしまったわけではないし食われてしまったわけでもないと、ポジティブな思考をしていた。しかしながら、強烈な痛みは断続的に襲ってきて、そのたびにサトダに負けないぐらいの大声を上げた。

加害犬ハリーは、自分のしでかしてしまった事件が思いもよらず大ごとになってきているのを大きな瞳で見つつ、ケージの中で小刻みに震えていた。自分のものだと考えて貪っていた食べ物を、新参者に横取りされるものかと防衛しただけだったのに……と、ハリーが人間だったら弁明するところだ。イヤ、人間だったら、それ以前に噛みついたりはしない。

少しでも早く病院で診てもらおうと、サトダはケージの中に向かって「いい子にしてるのよ」といい子じゃないペットに声をかけ、サトーの肩を支えてエントランスホールまで降りていった。誰にも会わなければいいなと願っていたが、こういう時に限って同じ階のご近所さんにバッティングする。サトダがサトーの顔を抱きかかえるようにしながら頭を下げたので、視線を避けるようにして足早に通り過ぎた。2人の体勢を見て何か勘違いをしたのかもしれない。適当な言い訳を考えておかなくては、と思った矢先、「イツツゥ」とサトーが声を上げるので、またサトダの罪悪感が増大する。

救急車が到着しサトーが乗り込んだ後、サトダが乗ろうとすると「ご家族の方ですか」と救急隊員が訊く。サトダは「たぶん似たようなもん」と答えて、強引に乗り込んだ。車内でもサトー、サトーと何度も連呼していたせいか、不思議そうな顔で「ほんとに奥さんですか?」と訊かれた。こんな緊急時に何をつまらない質問をしていると憤ったサトダは「今はとりあえずそういうことで」とつっけんどんに答えた。

かたや搬送先の病院を探していた救急隊員は、サトーの受傷状況を早口で知らせている。

――犬に鼻を齧られたか食われたかですが、出血が多いため欠損している部分があるかもしれませんが詳細不明です、となんとも不吉な単語を使っている。サトーは手触りからはたぶん〝欠損〟はしていないと感じているものの、しっかりと確認したわけではないので少々不安になり、サトダはサトーの鼻をハリーが食ってしまっていたら〝人喰い犬〟の烙印を押されてしまうと、握りこぶしを口に当て気が遠くなるほど息を吸い込んだ。サトーの鼻がなくなってしまう、なんていう非現実的な想像をするにはとうてい至らなかった。

2人の心配をよそに、救急隊員は専門の医師が不在という理由で数軒の病院に断られた後、受け入れ可能な病院をようやく探し出した。そうか、今日は日曜日か……。

「安心してください、ちょうど形成外科医が当番医でいるそうです」

ミドラーズ　1

「オレ、やっぱ辞めるわ……」

突然のカミングアウトだった。

3年前中古で買った愛用のギブソンをダラダラとギターケースにしまいながら、裕司がボソッとつぶやく。小さな寺とはいえ、それなりの大きさがある本堂の片隅でのつぶやきは、すぐそばでドラムスティックをクルクル回していた清真《せいしん》の耳にかろうじて届いた程度だった。

「フッ……？」

スティックを回すのをやめ、清真の坊主頭が裕司のほうを向く。

「今何か言った？　裕司」

「ヤッパ、辞める」

今度は聞きとれたが、意味が不明だ。

「何それ、どういうこと？」

「ダカラ、辞める」

〝ヤッパ〟も〝ダカラ〟も、しばらく前から裕司が頭の中だけで考え悩んできた問題に対しての接続語だったので、清真に理解できなくても仕方ない。

「ダカラ何を？」

この〝ダカラ〟は筋が通っている。

いつもは穏やかな清真がボリューミーな声を上げたので、灯籠《とうろう》のそばでアンプを片づけていた潤とコードを丸めていた博之が、〝どうしたんだ、おまえら〟の顔をして振り向いた。仕事柄、清真が尖った声を上げることはほとんどなかったからだ。

「オレ、バンド抜ける」

本堂の真っ正面にあるうっすらとピンク色になってきた桜の老木を見ながら、コソッと裕司が繰り返した。

「悪いな、おまえらとは方向性が違うらしい」

裕司の口から出たのは、バンドやグループが解散する時のお決まりのセリフだった。

「なんだよ、どこがだよ。そのセリフ言ってみたかっただけだろ。ついこの前結成15年のライブやったばっかかじゃないか。おやじバンドなんてダセェって子どもらからバカにされても、俺らにはポリシーあっただろ」

状況がのみこめてきた潤が参加した。

おふざけでもなんでもなく、ただならぬことだと感じたようだった。

「1年前がついこの前か。おまえの時間認識どうなってんだ。おまえの言う〝この前〟からずっと、イヤもっと前から、俺は苦悩してたんだ」

「だったら自分に相談してくれればよかったじゃないか」

「あいにく坊主に話して解決できる問題じゃない。どうせ、心穏やかになるから座禅組めとか写経しろとか言うんだろ。そういうレベルじゃないんだよ」

それほどの煩悩があるのなら手を貸してあげられたのに、と清真は意気消沈した。ただ自分が考えていた救済策を裕司が言い当てた驚きのほうが上回っていたので、その表情を読まれないようにあさってのほうを向いた。

ことの成り行きを腕組みしながら黙って見ていた博之は、これはバナナの熟れ具合を気にしている場合じゃないなと考え始めた。


小競り合いはときどきあったものの、15年以上バンド活動を続けてこられたのは4人が気心の知れた同級生だったからだ。

高校卒業後10年の同窓会二次会の席、酔った勢いで、バンドを組もうぜと調子にのったのが始まりだった。よくある話だ。

当初は潤、博之、裕司の3人で始めたが、やっぱりドラムは必要だよなという肝心要の課題を話し合ったのは、1カ月もたってからだった。この時点ですでに音楽性に乏しいバンドだといえる。リードギターの裕司、ベースの潤、なぜかブルースハープとボーカル担当の博之という、超変則的な組み合わせだったのだ。

3人ともリズムマシンじゃカッコ悪いかなと薄々気づいていたのだが、誰もそれを言い出せずにいた。バンドを始められた楽しさが勝っていて、マァいいか的バンドであったのだ。

待望のドラマー、僧侶の清真が加わったのは、ひょんなことからだった。

裕司の家は清真の父が住職をしている総泰寺の檀家だった。祖母の法要を頼みに行った時、本堂で木魚をたたきながら読経していた清真を見かけ、裕司の単純な脳みそは閃いた。朝に夕に木魚をたたいているのだから、パーカッションのセンスはあるのではないだろうか、と。

急用ができたため清真は同窓会に参加していなかったが（坊主の急用といったら決まっている）、仮に出席していても、裕司はバンドやらないかとは誘わなかっただろう。裕司の頭には、坊主とバンドは共存し得ない存在だったのだ。

聞くところによると、読経の際木魚をたたくのは本人が眠くならないための苦肉の策らしいのだが、裕司にとってはそんなのはどうでもよかった。オレの目に狂いはない、というどこにも根拠のない自信で、すぐさま清真をスカウトした。

最初は迷っていた清真だったが、仏教系の大学に通っていた頃の元カノがレディースバンドのドラマーで、多少の手ほどきを受けたこともあり、バンドに加わってからメキメキ腕を上げた。短絡的な発想をした裕司だったが、違う意味でその心眼は優れていたのかもしれない。

裕司のスカウトマンとしての手腕は、もう一つのラッキーなおまけを呼び込んだ。

その頃バンドの練習場所は段ボール屋の潤の家の埃っぽい倉庫の片隅だったのだが、友引の日限定という条件付きで、総泰寺の本堂を貸してもらえることになったのだ。それは、厳格だがどこかファンキーな清真の父清晃の性格に因るところが大きい。今でこそ神社仏閣でロックバンドがライブを開くのは当たり前のご時世になったが、そのパイオニアと言えなくもない。

そしてまた、こうして不規則な練習日に集まることができたのは、たまたま全員が自由業と呼ばれる職に就いていたからだった。そして、40歳を機にバンド名を〝アーメンズ〟

から〝ミドラーズ〟に変えた。長期間居心地の悪そうだった清真をおもんぱかったのと、自分たちの年を考えた結果だった。そもそも、最初の命名時点で酔っぱらい3人がおふざけでつけたコミックバンドのような名前を、ご大層に何年間も使ってきたこと自体、変だ。バンドの名前に拘泥《こうでい》するつもりはなかったようだが、清晃が〝アーメンズ〟という名前を初めに聞いていたら、本堂の貸与を申し出ることはなかったかもしれない。〝ハンニャーズ〟に改名するのを、貸与の条件にする可能性もあり得た。

幸いなことに、清晃はバンド名までは興味がなかったらしく、最初から〝あの連中〟で済ませている。

胡坐《あぐら》をかいていた裕司が、そばに寄ってきて見下ろしている潤と博之を見上げる。

「もちろん楽しかったさ。でなきゃあ15年もやってないだろ。なんてったってオレの結婚生活より長いんだからな」

バンドの結成が28歳の時、裕司はその翌年29歳で結婚し、披露宴ではメンバーと一緒にビートルズの〝ロング・アンド・ワインディングロード〟を熱演した。結成して1年もたっていないのだから当然グダグダの出来で、その席でやろうとした神経がわからない。また、どうしてこの曲だったかは推測するしかないが、これからの結婚生活、長く曲がりくねった道を行くように苦難もあるだろうけど2人で行くよぉ……みたいな勝手な解釈の上での選曲であったのだろう。

裕司の隣でいつものように正座していた清真が、首を傾げながら訊いた。

「どういう理由かまるでわからないよ。わかるように説明してくれよ。何か煩悩でもあるのかい？」

〝悩み〟と言わず〝煩悩〟と言うところは職業柄か。


総泰寺は三鷹にあるけっこうな歴史を持つ寺で、清真はその副住職だ。父である住職の清晃は、今年80歳を迎える偉丈夫で檀家の信頼は厚い。しかし昨年、青梅街道沿いの一方通行路を逆走したり、アクセルとブレーキを踏み間違えて檀家の塀を壊したりと、寄る年波に相応の事件を引き起こしていた。

次に何かやらかす前にと、長年連れ添っている伴侶は車のキーを取り上げ隠してしまった。清晃は「仏に仕える者の大切な仏具だ」などとさんざん抵抗したが、妻の決意は固かった。

父親の隣で長くお勤めをしていた清真は、清晃の性格からいってただでは終わるわけがないと心配していたが、案の定、それから1カ月もした頃、寺の駐車場にブランニューな車が届けられた。

〝ハイと言えない老人たち〟のひとりである。

「長い話になるかもしれんけど、それでもいいか？　オリが溜まっていくように、毎年オレの心の中で沈殿していったんだからな」

酒屋の3代目の話には、知らず知らずのうちに酒に関する用語が混じってくる。自分では吉祥寺に店があると言うが、最寄りの駅は隣の三鷹だ。

「そんなに長いこと淀んでたんか？」

小首を傾げながら清真が問う。後片づけも途中で投げ出し、3人は裕司の周りに車座になり、長い話を聞く準備を整えた。何が言いたいのか、とりあえず聞いてみるかという顔は3人とも共通していた。

オレがギターを始めたのは……と裕司が話し始めたのを聞いて、オイそこからかよと3人とも驚いて顔を見合わせた。

「……始めたのは、あの伝説のバンド〝イーグルス〟のあの名曲〝ホテル・カリフォルニア〟をアーカイブフィルムで見たのがきっかけだ。高1の時だったと思う。あの時の衝撃と言ったら……今も脳みそ深くでわけのよくわからない歌詞が鳴り響いている。一風変わったイントロ、そしてあの間奏のギターソロ、ダブルネックじゃなくていいからあれをやりたくて、ギター始めたんだ」

このあたりまでが長い話のイントロかと、3人の考えはシンクロしていた。

「おまえらとバンド組むずっと前から、オレはロックってたんだよ。高校でライブハウス行って停学まで食らったし」

それは今する話ではないんじゃない？　とまた3人はシンクロする。

「オレのロック三昧《ざんまい》については、ネタがあり過ぎて凄いったらないぜ。聞きたいか？」

3つの頭が即座に左右に振られ、またシンクロする。オレの女遍歴聞きたいか？　と問われたのと同じで、聞きたいわけがない。

「そうか、オレは話したいんだけどな。マァそのうちか。ただ、オレがロックと生きてきた話をもっと前からおまえらに聞かせときゃあ良かったと悔やんでる。そうしてりゃあ、こんなことにはならなかったかもな」

3つの顔を見回し、どうしてコイツらはこう向上心がないんだと裕司はがっかりした。

一方3つの顔は、そろそろ話の核心部分かとわずかに前のめりになった。

「マァ4人でやるわけだから、オレがこうしたいってゴリ押しするつもりは毛頭ないよ。ユーミンだってサザンだって、場合によっては秋葉原のオネエちゃんの曲だっていいさ。

オレだって嫌いじゃないしな。だがな、毎年年明けに練習し始める桜ソングって、ありゃあなんだ！　桜メドレーだって！　ナニ世間様に迎合してるんだ。冗談もほどほどにしてくれ」

鼻の穴から吹き出す沸騰した熱い息が見えるくらい、裕司は興奮し出した。潤も博之も清真も口を半開きにして、こんな噛みつかれるような勢いでがなられる何をした？　という表情をしていた。

「いいんじゃないか、桜って。日本人の……」

と博之が言いかけたとたん、

「なんだ、その日本人って！」

裕司の逆鱗はそこだったようだ。

「それがやなんだよ。何かといやぁ日本を象徴している花だとか、パッと咲いてパッと散るのが潔くて日本人らしいとか。なんだ、ソレ。今どき潔い日本人になんてなかなか会えないぞ。クローンの桜バカスカ植えて、何が日本の象徴だ。いったいいつから日本って国は、春先になるとサクラ、サクラって、ウキウキし出すようになったんだ。そりゃあ寒い冬を忍んだ後、春が来た悦びで桜を愛でた時代はあったかもしれないわさ。でもな、今日《きょう》日《び》は冬でもエアコンがしっかり暖かくしてくれるし、その上地球温暖化で、寒い冬を乗り越えるなんてイメージねぇだろ。おバカなメディアが春先になると桜前線がどうの、開花宣言はまだだのって能天気なヤツらを毎日毎日煽《あお》って、お調子者たちがろくに花も開いていないうちから花見だとかって大騒ぎして……なんだよ、これ！」

　早口でまくし立てたせいか、裕司は息継ぎのバランスがうまくいっていない。清真は話の内容よりも、こうも長尺のセリフをよくつっかえずに話せるもんだと、舌を巻いた。勢いに気押されていた博之が、裕司の顔を伺いながら手を挙げる。生徒の不出来を叱る教師におそるおそる挙手する学級委員のように……。

「裕司の言ってるのわからんでもないけど、そのクローンってのは何？　羊か何かだろ、それって」

　息を整えていた裕司は、〝全く何も知らんヤツらだ〟というあからさまにバカにした顔で、また話し出す。

「そういうのも知らんで〝桜ソング〟なんて言ってんだろ。いいか、日本全国あっちこっちで道路沿いやら公園やらでゴッソリ咲いてるのは、だいたいが、まぁよく聞くわな、ソメイヨシノって品種だ。そう、サクラだって品種があるんだよ。日本酒だって数え切れないくらいの品種があるんだからな。銘柄っつうのが普通だけどな」

　ここで商売の話が出てきたのには3人とも驚いたが、あれも品種っていうんだと疑いながらも、なぜかホッとした。

「そう、そのソメイヨシノってのは、名前は和風で耳触りもよくて人受けするけど、種子では子孫を残せない。つまり、挿し木や接ぎ木しなくっちゃならないってわけだ。受粉という生殖行為ができずに変則的な方法でしか子孫を残せない、悲しい運命なんだよ」

3人とも高校の時の生物の授業を懸命に思い出そうとした。動物はまだしも、植物の生殖行為についてはまるで記憶にない。

「アッ、次の質問はわかってるからするな。挿し木や接ぎ木がわかんねえんだろ」

それ以前がわからないとは言えない。

「めんどくさいから後でネットで調べろ。とにかくそれしか増やす方法がない。そのクローン苗をどっかの誰かが、たぶんこれだけ日本中にあふれてるっていうのはそのどっかの誰かがいっぱいいて、節操もなくあっちこっち植えたってわけだ。その結果がこれだ」

両肘を脇の下にくっつけ、裕司は両手を開いた。やってられねえよ、ポーズ。

「でもな、ソメイヨシノに罪はねぇよ。そんなことオレだってわかってるさ。種がこぼれてドンドン増えたってわけじゃねえもんな。しかも、人様の都合であっちこっち植えられて手入れもろくにされずに、50年ほどで寿命がきたらお役御免でバッサリ。そして何ごともなかったかのようにまたクローン苗を植えちゃって、この苗が花を咲かせるのはいつでしょう？　とかってお気楽に話すヤツがいたりしてさ。むしろソメイヨシノに同情するね。花見だとか言ってただ飲み食いして騒いでコミュニケーションだぁ……そんなことやらないと人とのつき合いができねぇってこと？　悲しくなるね」

説明がアレコレと飛ぶので、どこに焦点が当たっているのかわからず混乱気味だった3人だったが、興奮していた裕司が神妙な顔つきになってきたのでもう一度膝を正した。

「オレなんか、ゴッソリ咲いた花の下にいると押しつぶされるような圧迫感で気分悪くなる。山ん中であっちにポツン、こっちにポツンと慎ましやかに自然に存在しているぶんには、たぶんそんなふうにはならないんだろうけどな」

おっとそれには異議があるとでも言うように、潤が割り込んだ。

「オイオイ、あのいっぱい集中して一斉に咲いているのが醍醐味なんだろ。桜並木ぃーとかってさ。花、花、花の華麗さ。あの圧倒感……」

潤の頭の中は、おそらく桜満開だ。

「ウヒャー、得意の群れ理論。そっちの観点からすれば確かに日本人的か。群れなきゃあ何もできねぇんだよな。オレみたいに『桜キライだ』なんて言ったら、やれ変わり者だやれ偏屈だと、もうバッシングの嵐だ。そんなつもりは毛頭ないが、ネットにでも書き込もうもんなら、大炎上間違いなしだ。それこそ非国民扱いだ。マイノリティーは意見言っちゃあいけないんかぁ！」

論理の展開についていけず、対岸の火事を見ているような顔をしていた清真を裕司が指さす。裕司は再び戦闘モードになっている。

自分が裕司の人差し指の対象だとは思わなかったのか、清真は後ろを振り向いた。が、そこには当然誰もおらず、呆気にとられた清真は、右手に持っていたスティックで自分の鼻を指して、首をひねった。

そんな清真を完全に無視して、ブレーキの効かなくなった裕司が続ける。ちょっと見境がなくなってきている。

「あのなぁ……」

裕司は、なんでも言うことを聞く部活の後輩を諭すように少々テンションを下げた。

「日本人がどうたら言うんだったら、ワビサビが本質じゃないのか。あの華麗というか豪華というか、ありゃあちっともワビサビじゃないだろ。オォこの桜並木ワビサビを感じまーすなんて、ほんのちょこっとしか日本文化を知らない外国人でもそんな言い方しないだろう。質素が美徳じゃなかったのか、エェ日本人。マァ、ワビサビにしたって千さんが提唱しただけの話で、それが本質かどうかはわからないけどな」

「千さんってあの利休のこと？」

あまりにも親しげに千さんと発した裕司に、今までおとなしく聞いていた博之が確認を求める。

「ワビサビって言ったらそれしかねえだろ。茶会の時に庭にいっぱい咲いてた朝顔を、鮮やかすぎると言ってみんなちょん切っちゃったくらいのお人だぞ。お茶の世界じゃ神様なんだから、何か思うところはあったんだろうな。もし今生きてたら、そこらじゅうの桜の木、片っ端からぶった切るぞ、千さん」

それほどわけのわからない人ではないだろうと思ったが、何しろ歴史上の人物で知り合いでもなんでもないので、3人とも口ははさまなかった。というより、何か言ったらまた地雷を踏むかもと気弱になっていたせいもある。

「そもそも葉っぱが茂る前にあんないっぱい花つけてどっから栄養とってんだ、根っこなんて言うなよ。植物ってのは光合成、覚えてるか光合成。習っただろ、理科だか生物で。どうせ寝てたんじゃないのか、おまえら。葉っぱなくてどうやって光合成するんだよ。千さんで思い出したけど、京都って、なんであんなに桜の名所があるのか知ってるか？」

ニヤリと不敵な笑みを浮かべて、裕司は3人の顔を見回す。3つの顔が不審げに左右に振られた。

「あのなぁ……」

と、音の強弱は音楽にとって重要な要素だとでも言うように、裕司はひときわ声を落とす。

「……応仁の乱って知ってるか？」

ここでまた変調ぎみの疑問形。３人の答えを受けつけるつもりはなかったらしく、半拍くらいの休止をしただけで話し始めようとする。

今度は歴史の話か。生物の疑問も片づいていないのに追いついていけるかと、清真は危惧したが、潤と博之もポカンとした顔をしていたので少し安堵する。

「日本の歴史の中で一番長いこと続いて一番死傷者の多かった内乱だ。これだって中学だか高校で習っただろ。忘れたか？　ン、だから京都でだよ。今の平和ボケした日本じゃ考えられねえよな、内乱なんて。そん時に流された血や埋められた死体を養分にしてあの桜は育ったんだとさ。立派にたくさんの花をつけている老木の下にはたくさんの死体が埋められてる、って聞いたことないか？　いかにもありそうな話だろ」

自分の説にわずかながら疑問がありそうな様子だが、強引に話を続けようとする。

「京都ってとこは、もともと怨霊だの疫病だのって華々しいエピソードいっぱいだしな」

「桜とホラーはあまり相性よくないんじゃない？　それにホラー映画で満開の桜の映像なんて見たことないけど」

と博之。

「うちの庭にもでっかい桜あるぞ。けっこう昔から」

と清真。

「おまえんちは桜でっかくなって当然だろ」

と潤。

「裕司の言ってるのが正しければな」

「……ン？　ちょっと待ってくれ」

清真は怪訝な顔をしたまま考えこんでいる。

「うちの寺は土葬してないぞ。骨壺に入ってる骨って養分になるのか？」

少しばかり生々しい話になってきた。僧侶という職に就いている者の発言にしてはまことに不謹慎だが、聞いていた3人は〝確かに〟という顔をした。当の裕司さえも……。あまりにも合理的な疑いだったので、ついうっかり納得してしまった裕司だったが、負けん気の強さで劣勢を挽回しようとする。

「おまえんとこだって、昔はそのまま埋葬してただろ、古い寺なんだからさ」

「うーん、たぶんな。住職に訊かないとよくわからないけど、昔はそうだったかもな」

「ほら、みろ」

「……だから、何？」

博之がボソッとつぶやく。

「万が一、裕司の言ってるのが正しくてもさ、それで何が言いたいの？」

冷静に考慮すれば、本質をついた質問だ。

「マ、マァ、だからさぁ」

話の流れでここまで来ただけで別に痛いところをつかれたわけではなかったが、裕司は口ごもった。

「だからあぁ」

ほとんど意味をなさない〝ダカラ〟は裕司の口癖だ。

「物ごとの本質を見ろってことだ。華やかだったり美しかったりするものの裏には、おぞましい歴史やどす黒い思惑があったりするもんなんだよ」

「フーン、裕司のそういう世界観、オレ嫌いじゃないけどな」

博之が鼻の下をこすりながら、

「ちょっとロックっぽくていいよな」

とつけ加えた。

わずかではあるが敬意を含んだ同意を得て、裕司は内心ニンマリしたが……とにかくだ、と一息入れて元のテンションに戻した。

「もう我慢できないんで正直に言う。オレは毎年恒例になっている〝花見〟にいつも行きたくなかった。でも、おまえら春先になるとその話題になって、いつにするだの場所取りどうするだのハイテンションだし、これでオレが拒否ったらノリ悪いなって言われそうで、とりあえずつき合おうかみたいな、気弱なＪＫ並みの発想で参加してきた。エッ、そうだ。イヤイヤだよ。なんにしても、ゴッソリ咲いた桜の下でブルーシート敷いて飲んだり騒いだりは、オレの流儀じゃないんだ。オレの美意識にもそぐわない。桜アレルギーとまでは言わないが、ホント気持ち悪くなっちまうんだ、大好きな酒飲んでても……」

立派なアレルギーじゃないか、よく蕁麻疹《じんましん》が出なかったもんだ、と潤は思ったが、アレルギー専門の医者でもないのでよけいな口出しはやめた。

酒屋がそう言うんだからよっぽど嫌いなんだな、と博之は思ったが、そっちが当面の問題ではなさそうなので、そのまま流そうと決めた。

清真は、ＪＫって何？　と思ったが本筋じゃなさそうなので知ってるフリをした。それより、裕司の理屈が教義に反するかどうか首を傾げて考えていた。近いうちに住職に相談してみてもいいが、ポップな父親なので裕司の最大の理解者になる可能性も大いにある。

千利休やら応仁の乱やら怨霊やら光合成が混ぜこぜになったメチャクチャな説法をし始め

たらどうしようと清真は迷った。

　これが最後通告だとでもいうように、裕司は背筋を伸ばし真っ直ぐ前を向き（真ん前に座っていた博之は少々慌てたが）、さっきと同じフレーズをもう一度繰り返した。

「悪いな、おまえらとは方向性が違うらしい。長い間世話になったけど……オレ脱退する」

　3人は同じように呆気にとられていたが、潤は〝花見がいやだから辞めるのか？〟と思い、博之は〝方向性が違うって、それ音楽の話ではないの？〟と思い、清真は〝結局バンド辞める理由って？〟と、頭の中は三者三様だった。しかし、裕司がギターケースの取っ手を掴んだのは、もうこれ以上話すことはないという意思表示なのだというのは、3人とも一致した。

「ナァ、花見なんかやらなくってもいいからさぁ、辞めることないだろ」

　と、潤。

「選曲についてはなんとでもなるじゃん。レパートリーけっこうあるんだからさぁ」

　と、博之。

「どこに焦点が当たってるのかよくのみこめないんだよな」

　と、清真。

　3人ともバラバラの内容だったが、意思統一がなされていたかのように次々と淀みなく意見が出された。清真はいまだに首を傾げている。

膝立ちをした裕司は3人を見回した。

「そう言ってもらえて、15年やってきた甲斐があるよ。まぁバンド辞めるって言ってもおまえらと絶縁するわけじゃないし、これからもよろしくな」

左手で軽く敬礼をして、じゃあなと荒っぽいウインクをした。永ちゃんを気取ったとしか思えないポーズをして裕司は立ち上がり、3人を残して本堂を出ていった。

黒のTシャツにバックプリントされたバックスバニーが、ロックっぽい笑いを浮かべていた。

源太

『居酒屋からっきし』は、吉祥寺駅から三鷹方面へ歩いて7、8分ほどのところにある。これ以上一歩でも歩けば住宅街という微妙なロケーションだ。繁華街からは遠く離れていて、それだけでも客寄せには不利な条件であるのに、人通りのある道沿いから細い路地を3度クランクした先に、どうしてこんなところにあるのと誰もが疑問を持ってしまうどんづまりに存在する。

酔狂な客がスマホ片手に店を探そうとしても、間近まで来ていてなかなかたどり着けないことがよくある。もともと隣家の車庫と倉庫であった場所だったが、主人が老齢となり免許証を返納して車が不要となったため、借り受けてリフォームしたものだ。

裕司の実家田野倉酒店のお得意さんだったその大家の話を聞いた裕司が、当時フリーターだった幼なじみの源太に話を持ちかけた。

営業は五時から十一時きっかりまで、大騒ぎは厳禁という条件に、つまり品行方正でひっそりとした佇まいの飲み屋を旨として開店したのだった。店名の〝からっきし〟は、源太が何年か前に吉祥寺の街中にオープンした〝増繁〟という日本酒バーがうまくいかずに閉店した話を聞いた大家が命名した。なかなかのネーミングセンスだが、大家が広告代理店に勤めていたかどうかは定かではない。

そういった条件が重なっているため、自ずと店主源太の友人、知り合いとそのネットワークにいる連中が客の中心で、〝一見《いちげん》さんお断り〟ではないのだが、結果的にそれに近い状況になっている。繁盛したいとか客に来てもらいたいとかいう気概のほとんど感じられない店である、と言っていい。むしろ、無許可営業か違法な何かがこっそり行われていると疑われても仕方のない趣だった。軒先にぶら下がっているボロけた小さな赤ちょうちんだけが、酒の飲める店であることを弱々しく自己主張している。

ところが最近では、たどり着けない迷店だの知る人ぞ知る隠れ家だのとネット上で書き込まれたため、物好きな客で週末には想定外のにぎわいとなることがある。インターネットの威力は凄まじく、好意的な書き込みがあるうちはいいが、ひとたび悪意の込められた書き込みがされれば、こんな超弱小の居酒屋などひとたまりもない。

店内は10人も入れば満員の状況になるのはもともとがなんであったのかを考えればわかるはずで、むしろこの人数を押し込めることに感嘆したほうがいい。

普段から客が多いとはお世辞にも言えないが、給料日前の水曜日という、水商売にとっては魔の日だった。ついさっきまでお客さんいたんだよと源太は言ったが、今は開店休業状態で、その言葉もなんとなく疑わしい。

衝撃のカミングアウトの夜、潤と博之は今後の方針を定めるためと称し、『からっきし』にやってきた。何かがあってもなくても、この店はミドラーズのたまり場になっていた。店主とダチだった裕司が最初に3人を連れてきたのだが、今夜はその裕司がいない。

「清真も、今日くらいは来いっていうんだよな。お家の一大事だっつうのに」

総泰寺のそばの飲み屋で一杯ひっかけてきたとはいえ、飲み始めてまだ10分もたってないのに、潤の脳みそはかなりアルコールに侵されている。脱退話のせいで酔いも早く回るようで、飲み始めてすぐから裕司への愚痴と非難が延々と続き、清真にまで飛び火していた。

「坊さんだものしようがないだろ。朝のルーティンワークだってあるし、オヤジもうるさいんじゃないか」

「にしても今日はいつもと違うだろ、エー。俺たちの行く末がかかってんだぞ。リードギターなしでやれっつーならやってやるぞー、超変則バンド！」

潤の頭には、ドラムの前にポツンと空《くう》を見て座る清真と、ブルースハープを片手に持ってボーッと佇む博之と、ベースギターを抱えてどうしたらいいかとウロウロしている自分の姿が、おぼろげに広がる。ステージの床にはどういうわけか薄紅のサクラの花びらが敷きつめられていた。

「そんなに熱くなるなよ、潤。清真は何も悪いわけじゃないんだからさ。裕司だってああ言うからにはいろいろと悩んだんだろ、きっと。何年も一緒にやってきたオレたちにあそこまで言うんだからさ」

クールに分析する博之に向かって、潤は容赦のない視線を送る。

「ずいぶんあいつに肩入れするんだな、博之くん。清真の寺で座禅組んだり写経したりして修行してんのか。仏様のお導きでもあったのか。危機感がないんだよ、危機感が！　だいたいなんでおまえブルースハープなんだ。キーボードとかなにか映《ば》えるのやればいいだろ」

コラテラル・ダメージ——。

「どうした、どうした潤。ご機嫌斜めだね。坊主が何かやらかしたのか？」

店主の源太が、自分用の酒の入ったグラスを片手に調理場から出てきた。狭い店なので潤の大声は十分に届いていたはずだが、内容に関しては不確かだったのだろう。つまみを作るのに精出していたせいもあり、トラブル発生ということしかわからない。

「違うんだ、マスター。マスターの幼なじみの裕ちゃんがやってくれちゃったわけ。あの田野倉酒店の三代目がさ」

チューハイのグラスを揺らしながらのくだまき酒が始まっていたが、まだ中盤にはさしかかっていないようで、潤は酒をこぼすことなくグラスを動かしている。まだ正気が残っている証拠で〝話せばわかる〟レベルだ。

「なんだ、トラブルメーカーは清真じゃなくて裕司か。せいしん、せいしんって言ってなかったか？　裕司なのか。そういえばいないな、アイツ」

「最初に気づくでしょ、マスター。いつも3人で来るのに1人欠けてたら」

「イヤー、おまえら入ってくるなりサケーって怒鳴るし。ずぅーと文句垂れてるようだし、つけ入るタイミングなんてなかったろ」

「ハイ、ハイ、そうですか。酒もこんな男に飲まれたらかわいそうですね……ってんだ」

幾分コミュニケーション能力が落ちてきている。

「そうなんだ、マスター」

気まずくなりそうな雰囲気を、修正能力に長けた博之がフォローする。

「あいつ、脱退するって言うんだよ、バンド。おまえらとは方向性が違うとかって、プロのバンドの解散理由みたいなこと言ってさ。もともとそんな方向性をうんぬんして始めたわけじゃなかったでしょ。突然の告白にも驚いたけど、あいつ、そんな方向性なんて考えてたんだって、そっちのほうにビックリしちゃってさ」

クールな博之は、ハイボールを一口飲んで喉を潤すと、また話し始める。

「まじめが持ち味の清真が言うんなら納得もするけど、あの裕司がね。ナンダカンダ講釈した後は桜への罵詈《ばり》雑言」

「ナニ？　サクラって、あの満開の桜のサクラ？　それとも出会い系のアレか？」

「ナニ言ってんの、マスター。満開のほうだよ、満開。そのへんから方向性の違いを感じていたんだって」

隣の席で、目を伏せた潤がウンウンと相づちを打っている。右手はしっかりとグラスを握ったままだ。

「ダイレクトに桜が悪いっていうんじゃないらしいけど。思い返せば、今度のコンサートでまた桜メドレーでもやらないかって話をしだしたころから変だったんだよね。練習しても何もしゃべらないし。いつもはけっこううるさいんだ、あの性格だし。今日、練習終わった後で突然辞めるって」

「それで、その理由がサクラってわけ？」

源太は何かを思い出してでもいるように視線を天井に向けた。子どもの頃桜の花嫌いだって聞いた覚えないな、と定かでない記憶を呼び起こす。

「クローンだとか生殖がどうとか生物学者みたいな話始めちゃうし。黙って聞いてたけど、よくわかんなかったよね？」

博之は潤に同意を求めたものの、上下に首を動かすだけで確実にイエスとは判断できないが、潤があの話を理解できているはずがなかった。

「マァ、子どもの頃から少し理屈っぽいところはあったけどな。そうだなぁ、生物学ね。その類の話をしたことは二、三度あったかなぁ。アイツが中学に入った頃だったと思うけど『源ちゃん、生まれ変わったら何になりたい？』って訊くんだ。急に訊かれたもんであせってたらアイツ『オレこうじ菌になりたい』っていうわけよ。そんなの想像もしていなかったんで、どうしてだよって訊いたら『だって暗いとこでジッとしてるだけで生産性あるんだよ』って涼しい顔して難しいこと言うわけよ。けっこうショックだったんで忘れられないな。小生意気なとこあったけど、さすがに酒屋の息子の発想だと思ったね」

真剣な顔をして聞いていた博之は、

「その話はなんとなくだけど理解できるね。アイツなら言いそう」

と、納得の表情をする。

「あとはー、そうそう最近だったけどな、ＤＮＡの話してた。『人間、頭が良くなり過ぎちゃって、生物としての基本っていうか自然の摂理ってのをないがしろにしている。社会自体も複雑になり過ぎて、今まで不可能だった選択ができちゃうとDNAを残すっていう生存理由忘れちまうんだ。人類一度絶滅したほうがいいかも、恐竜みたいに……』ってドギツイこと言うんで、じゃあアメーバからやり直しってか？　ってふざけたら『源ちゃんわかってるね』ってさ。その時はコイツもいろんなこと考えてんだって面白がったけど、けっこう危険思想じゃないか？」

裕司が仮にテロを働こうとしても公安警察が鼻で笑う程度のもののはずだ。

自分で持ってきたグラスに残った酒を飲み干すと、源太は一息ついた。だが、それでも一抹の不安が胸をよぎる。

「アイツ、他に何言ったの？」

公安に目をつけられるような発言をしていたら困ると、幼なじみは心配していた。

「その後は歴史の話ですよ、応仁の乱」

「応仁の乱？」

一足飛びに日本史の話か、と源太は急いで頭の中を切り替えようと試みる。

確か内乱だよなぁ、応仁の乱って？……内乱罪……公安……裕司のヤツまさかバカなこと考えてんじゃねえだろうな、と源太の胸に新たな不安が芽生えた。

「ウン、その応仁の乱からホラーストーリーに話が飛んだんだ。死体がどうの、生き血がどうのって……」

博之自身完全に理解できていなかった裕司の話を、正確にコピーして話すのは無理だった。源太の顔色が青白く変わる。

「アッ、それから千利休がぶった切るとかなんとかって……」

あの千利休ってテロリストだったのか？　北斎が幕府のスパイだったっていう説もあるのだから、可能性がなくはない。源太はバラバラな言葉のピースをヒントにして話の全体像を組み立てようと試みたが、あまりにも脈絡がなく完成には程遠かった。

「それで最終的に『桜がイヤだ』という結論になるのか？」

「ウン、そうだったね。言いたいことみんなぶちまけて満足そうだったよ、裕司。退場する時けっこうかっこよかったもん」

博之はバックスバニーのうすら笑いを思い出している。

「仕事もちゃんとやるし、いいヤツでもあるんだが、何か途方もないこと考えてるんじゃないかって時あるんだよな、裕司ってヤツは。まさか良からぬことやらかすなんてないよな」

「そうだねぇ、やるとしたら千利休の子孫にコンタクトして、一緒に井の頭公園の桜の木を根こそぎ引っこ抜いちゃうぐらいのことだろうね、せいぜい」

「ナニわけのわからないこと言ってんだ。おまえも洗脳されちまったか。あの理屈っぽいところが、往々にしてカリスマ化しちまうことあるからなぁ」

テーブルに突っ伏して半分以上眠りに落ちていた潤が、突然ムクッと上半身を起こすと、何かに憑りつかれたようにわめき出した。

「バカヤロー、裕司。遺伝子操作なんて当たり前の世の中だぞ。クローンのどこが悪いってんだ。何もヒトラーのクローン人間作ってクーデター起こそうってんじゃないぞ！」

支離滅裂な文句を言うだけ言って、また突っ伏した。右手のグラスはまだ握ったままだ。

酔いつぶれた潤にも2人の話の内容がかろうじて届いていたのか、夢うつつでわめいた内容はさらに世界史にまで及び、グローバル化してきている。次の寝言はEUの功罪だとかブラックホールの存在ではないだろうな、と博之は怖気づいた。

春の桜の時期、どんちゃん騒ぎして大酒飲んでくれるんだから、酒屋にとってもありがたいイベントなんじゃないかなぁ。アァ、それにしても学生の時もっといっぱい勉強しときゃあよかったなぁと、源太は後悔していた。

ミドラーズ　2

リードギタリスト不在のまま2カ月がたった頃、久々に3人が総泰寺に集まった。3人が3人バラバラの思いでいたため、たった3人でも全員が集まるのはなかなか難しかった。

裕司のカミングアウトを聞いていた庭の桜の大木も、枝と葉っぱだけのどこにでもあるただの木になっている。この姿だけ見ると、春先にあんな華麗な花を咲かせるとはとうてい想像がつかない。花が咲いている短い間だけチヤホヤされて、残りは知らんぷりなんて可哀そうなもんだ、と嫌みを言う裕司が、清真の目に浮かんだ。

リードギターを失ったミドラーズの演奏は、狙ったわけではないが、なんとなく現代音楽を彷彿とさせた。しかし、ごくごく一部の人を除いては耳を傾けてくれそうにない音楽であった。

この日の練習もあまり覇気がなく、ティータイムのほうが長くなった。本堂の端っこで胡坐をかいた3人は、清真の入れた薄くて、ほんのわずかに香りのするお茶を飲んでいる。

「アーア、どうもしっくりこないよなぁ、リードないとさ」

潤が両手を組んで後頭部に当て、嘆いた。

「ウーーン」

たぶん同意を示したのだろうが、博之の返事は曖昧なことが多い。この後「そうだねぇ」がつくと清真は予想したが、博之は「お腹空いたね」と考えているかもしれない。あるいは、もっと深淵な思索をしているとも考えられる。博之の思考は複雑だ。

「実はね……」

と、博之の意味不明なウーンの後に続きがないのを確認してから、清真が口を開いた。

「しばらく前から考えていることがあってね。裕司がカムバックしてくれるのが一番だけど、あの頑固者のことだから日本中の桜が枯れない限り戻るって考えられないよな。だとすると、セカンドチョイスでギターを探すってことになるんじゃない？」

3人になってから、各々が考えていながらも口には出さずにいた話だった。

「そう言ったって、簡単には見つかるわけないだろ。オレだって口には出さなかったけどそう思ってたよ」

「……だね」

おそらく賛同。

自分もそう思ってたんだけどね、と清真は前置きして、

「あのライブの時にね、香おりがバイト先でお世話になってる人がいて見に来てくれていたらしいんだ。その人けっこういけるみたいって言ってた」

清真は、座ったまま胸の前でエアギターを奏でる。

「いいね」

博之は省エネにしようと決めたらしい。

「香おりちゃんってことは、弁護士さん？　忙しくないのかい」

「助手さんらしいんだ。オレたちみたいに時間はなんとかなるっていうのとは違うから、友引に来られるとは限らないのがネックだよね」

「なんとかなるよ」

平均して週三日、気が向いた時にしか店を開けないという、最も自由人の博之が気楽に解決策を口にする。

吉祥寺駅から井の頭公園に向かう途中にある博之の店は、バナナロールケーキがうまいと評判で、開店時には行列ができる。夫婦2人だけでやり繰りしている小さな店で、断言はしていないが、仕入れたバナナがベストな状態になるのを待っているせいで、気まぐれオープンになるらしい。それならそれなりに工夫すればいいものを、博之は「人生楽しい

ほうがいいよ。バナナだってそうじゃない？」と一般の人には理解が困難な理由でいっさい取り合わない。

店のない時には奥さんはパートに出ているのだが、博之は趣味の盆栽の世話に忙しい。最近では譲ってくれという人まで出てきて、こちらの副業も成立しそうだ。ただ、自由人たる博之が、植物とはいえその姿を矯正して自由を奪ってしまうのはどんなもんだろな、と清真は矛盾を感じずにはいられなかった。

楽天的な博之の発言に、潤が異議を唱えるに違いないと清真は待ち構えたが、

「だよな。そんなの大きな問題じゃないもんな。土日祝日の友引だってあるしさ」

と、これまた気楽に同調した。

なにも四角四面に考えるのだけがうまくいくとは限らないかもな、と清真も2人のポジティブシンキングを見習おうと決めた。僧侶という立場上、いつも自分を律するのを重んじているが、楽しく生きていくのを仏様も咎めたりはしないだろう。

「でもさぁ、香おりちゃんの知り合いってだけで、そんなに簡単にイイヨって言ってくれるかな」

潤にしては真っ当な意見だ。

「それがね、忘れてたんだけどね、仕事を依頼したことがあったんだよ。だから、顔見知

り」

「エッ、じゃあ通じちゃうか。いけそうじゃん」

アッ、あの時ね、と博之が閃く。

「あの鐘の話でしょ」

と一人で理解した博之の顔を、潤がもの問いたげに見た。

清真の父清晃が、まだ元気で住職だった頃の話だ。

朝と夕、1日2度定時に撞く梵鐘の音がうるさいと、周辺の住民の一部が談判に来た。除夜の鐘にしても「煩悩が108もあるって普段どんだけ悩んでるんですか日本人って」と罰当たりなクレームまでつけ足した。

初めはその理由を丁寧に説明していた清晃だったが、そのあまりに無礼で横柄な物言いに、ネイティブ清晃が顔を出した。「もしこのお勤めをやめれば、あなたたちは死して地獄の業火に焼かれ、子孫は7代まで祟られることになるがそれでいいか」と、恫喝《どうかつ》まがいの妥協案を提示した。が、敵もさるもの、でしたら弁護士に相談するしかありません、と捨て台詞を残し寺を後にした。

どういう経緯で雄一郎の事務所に依頼したのか清真は知らなかったが、対応したのは渉外の任に当たっていた清真だった。結局苦渋の選択として梵鐘の音をコンピューター制御にしたのだったが、その時相手側と根気よく交渉してくれたのが、雄一郎だった。そしてその仕事を請け負ってくれたのが、名前は思い出せないが——よくある名字だった——雄一郎の知り合いだというシステムエンジニアは、顔の真ん中に大きな絆創膏を貼っていて、清真はそれだけが強く印象に残っている。

「二人には話してなかったけど、香おりに打診させたんだ。一緒にやりませんか、って」

「それで?」

と博之は乗り気だ。

「一緒にやるほど上手くないし、迷惑かけるから……みたいなこと言ったらしい。長い間レッスンに通ってるって香おりが言ってたから、たぶん腕はいいと思うんだけどな」

「ナァ、本格的にスカウトしないか? 年だって同じくらいだろ。聞いてた音楽だって似たようなもんだろ」

潤の奔放な想像力は、すでに新人のプロフィールを作り上げている。

「ウン、音楽はどうか知らないけど、同い年って香おりが言ってた。二人がいいなら香おりに連絡先訊いて話してみるよ」

「うまくいくといいな」

「そうだね」

潤と博之は頷きながら、冷めて香りさえしなくなったお茶をすすった。

博之が「そうそう……」と茶碗をコトンと置いて話題を変えた。

「オレたち清真の寺のここで練習してるじゃないか。近所から何か言われなかった？　音うるさいとか、なんとかって。鐘のこともあったし」

「イヤ、あれ以来特に聞かないな。潤の倉庫の時も問題なかったよな」

「アァ、隣近所昔からの知り合いだし、聞こえててもあのドラ息子いい年してまだバカやってんだな、って諦めてるだけだな」

「ならいいんだけどさ。うちは、店開ける時には開店前からお客さん並んでくれるだろ。どうしてもしゃべったり笑ったりするじゃない。隣の家って店じゃなくて住まいなんだよね、70過ぎのご夫婦の。『ご繁盛でけっこうですけど、おしとやかに待っていられないのかしらね』って一発かまされちゃってさ。そんな大声でしゃべってるんじゃないんだけど、一度気になるとダメなのかなぁ。わざわざ並んでくれてるお客さんに注意するわけにもいかないしね」

博之にしては長セリフだったので、よっぽど悩んでいるのだろう。

「たいして長い時間じゃないんだろ、原宿辺りのスイーツを食わせる店と違ってさ。高が知れてるよな、並んでる時間なんて。お互いさまなんじゃないのか、博之」

「それがさ、お隣はあまり外には出かけないでほとんど家にいて、いるかいないかわからない静けさなんだ。あまりに物音がしない時は、２人とも倒れてるんじゃないかって心配になるくらいでね」

物静かで優しい博之は、人知れず心を痛めていたのだろう。ミドラーズの練習場所である総泰寺をも心配し、話を切り出したに違いない。

「博之、とりあえず今のところは大丈夫だから、心配しなくていいよ」

清真には博之の気持ちが痛いほどよくわかった。梵鐘問題を思い出した博之は、音問題でまたトラブルになるのではと危惧したのだ。博之は楽しく日々を送りたいとは願っていても、他人に嫌な思いをさせてまで楽しい人生を送ろうとは思っていない。できることならみんなで楽しい毎日を送れたらいいと、仏様のように願っている男なのだ。博之のモットーは〝世界平和〟だ。

もし博之がバナナロールケーキの肝であるバナナをうまい具合に仕入れられなくなった時には、仏道への転身を勧めてみようと清真は真剣に考えていた。

裕司

1カ月後、裕司は山形にある酒蔵を訪ねていた。

威勢のいい啖呵を切ってミドラーズを脱退したものの、日々悶々とした生活を送っていた。仕事にも身が入らず、軽々と運べていた一升瓶の木箱も台車を使って移動させる有様だった。自分に正直に……という思いが勝り、仲間3人を置き去りにした形になってしまった。アイツらは今何をしてるんだろうという、何を今さら的な気持ちが裕司を支配していた。バカッ話をしながらの練習や自分史上最高の盛り上がりだったライブのことが、消えては浮かぶを繰り返した。

寝つきも悪くなり、朝早く起きることなどなんの苦もなかったのに、朝の光がドラキュラ伯爵よろしく苦痛になった。起き上がると体の節々が痛み、腰や膝に何カ所も湿布を貼った。仕事中に必要な出力を寝ている間に無駄遣いをしているのか、妻の百合子に「歯ぎしりすごくて眠れなかったよ」と文句を言われた。

愛用のギブソンは触る気にもならず、あの日以降黒のギターケースに収まったままだった。最初は抱き枕代わりにしていたが、百合子に「何おかしなことしてんの、ライナス」と嘲笑された。ライナスが何者であるか知らなかった裕司は、検索をした後は極力ケースに触れないよう心がけた。

しばらく前に流行《はや》った自分探しの旅にでも出ようかと考えてもみたが、以前この話になった時、「自分の背中は見えないんだよ」と涼しい声で笑ったのは清真だった。きっと坊主にしかわからないんだとその時はうやむやにしたが、その言葉が裕司をとどまらせた。今にして思えば、清真がボソッとつぶやく一言には考えさせられるものが多々ある。それが意図したものであるかどうかは、いつも不明だが。

ここは原点に返って仕事に精を出さねばと、ごくごく普通の考えに立ち戻った。アーチスト気どりで脱退したものの、クリエイティブな発想は裕司の苦手とするところだった。新しい蔵元でも探してみるか。ビジネスにはパイオニア精神が必要だ、行き詰まったら初心に戻りリセットしてみるとよい、とベストセラーのビジネス本に書いてあったではないか。

裕司はミドラーズの呪縛に囚われながらも、全国の蔵元を検索しだした。

最寄りの駅から1日数本しかないバスに乗る。

道沿いの両側にはこれでもかというほどに桜が咲いている。皮肉なことに、桜前線とやらを追いかけて北上してしまった。仕方ないか、自然の摂理には逆らえない。

裕司は見るとはなしに窓の外を見ていた。あんなに頑なに自己主張する必要があったのか。目の端にピンク色が過ぎ去るのを感じながら、また考えた。いい年なんだから、寛容な心で対処するのがよかったのかと、あの日の本堂での出来事を思う。

裕司が見ようが見まいが、ピンクの波が続く。

バス停のすぐ前が、ネットで調べ連絡をとった酒蔵だった。道に沿って黒板塀が続き、いかにも東北のいい酒を造ってますの風情だ。

お約束のように、入口のすぐそばに小ぶりな桜が数本花をつけている。

軒下には深緑色の杉玉がつるされ、新酒の時を教えている。

ふとその上を見ると、傾斜した屋根の真ん中あたりに、妙な形をしたフィギュアが置かれている。微妙な角度なので細かい造形までは見て取れないが、何やら不細工な格好をしているのだけは見て取れる。何かのまじないなのかもしれない。京都伏見の酒蔵を訪ねた時は屋根に鍾馗《しょうき》様がいたので、あの類だろう。それにしても気になる。

ふと気づくと、入口のところで裕司をジッと見ている若い女の子がいた。裕司の顔を見ながら小さくお辞儀をすると、「お客様ですか?」と訊いてきた。スウェットにジーンズ姿の小柄な娘だ。不審な人物と勘違いされてしまったのか、と裕司は背筋を伸ばす。

裕司が口を開く前に、エッエッと両手で口を隠した。つぶらな目をパチパチさせている。

「スビマセン、ちばいました?」

最新の山形弁なのかと一瞬思ったが、単に指の間から漏れただけだと気づく。裕司も無意識に口もとに手をやった。

「アッアッ、東京から来た酒屋なんですが、ごしゅ……」

ようやく出た言葉は、途中で断ち切られた。大きく首を振った女の子は、半回転スピンして中に向かい、「旦那さーん」と大声を発しながらダッシュした。ポニーテールが揺れている。

裕司があっけに取られて見ていると、すぐにまた暖簾がばたついた。

「スミマセン、旦那さんさっき出かけたんでした。私でよかったらお伺いしますが」

たぶん裕司は不思議な顔をしていたのだろう。

「ア、ゴメンナサイ、わたし田代っていいます。この蔵の杜氏《とうじ》です」

田代と自己紹介した女の子は、そう言ってちょっとばかり胸を張った。

裕司はもっと怪訝な顔を見せたのだろう。杜氏田代は目を見開いて、すばやく人差し指を向けた。

「アレー、女が杜氏なんだって顔してますね。それって、今じゃ法的に問題ですよぉ」

とその指をワイパーのように振った。

「イヤイヤ、別にそういう意味じゃあ……若いのにたいしたもんだなぁって」

「ンーン、それもギリ、アウトかなぁ」

首を傾げるたびに、ポニーテールが揺れた。いつの間にかタメ口になっている。

「マァ、キャリアは浅いですけど、それなりの勉強はしてきましたよ、東京の大学で。腐敗と発酵の違いって知ってます？　アァ、酒屋さんなら知ってるかぁ。菌の気持ちなんてどうでもよくて、人間様の都合で決めちゃいますからね。菌からすれば、それどうなのよってもんですよね」

突然難しい話になったが、裕司もなんとなく聞いたことがあった。若い頃の記憶が近頃はすぐに戻ってこない。高校の生物の教科書は捨ててしまわなかったろうか。

「この前来た人が、女の子が杜氏って流行ってるよねぇって言うんで、頭きちゃって。流行ってるからって、無理してスキニージーンズはかないって！」

足元を見ると、確かにストレート。

「……でしょお」

何か勝ち誇ったような言い方を、田代はした。

口を開くと何か怒られそうな気がしたので、裕司は田代がなまりのない話し方をするのを話題にしようとした。本来の目的とは遠く離れているが、自分のミスからの流れなので仕方ない。

「だよねぇー。ボロボロのジャージのほうがずぅーと楽だしねぇ」

これで親近感を持ってくれただろうか。

「それにしても、なまりないよねぇ。アッ、これ別に差別じゃないよ」

言っておかないと、また指を振られる。

田代は、

「ううん、こっち生まれだけどけっこう東京長かったし。でも山形弁しゃべれって言うなら、そうすっけどぉー」

と語尾を上げ、いたずらっ子のような笑顔を見せた。そのすぐ後にアッと口を押さえ、

「スミマセン、よけいな話しちゃって。旦那さんでしたよね」

ありがたいことに軌道修正をしてくれた。

「桜見てくるって。すぐには帰って来ないですね。サクラ狂ですから」

やはり……あっちにもこっちにも。仕方ないか、こっちがマイノリティーだからな、とイヤイヤ自分を納得させた。

「寄り道をしてくるって言ってたんで、2時間コースでしょうね。中でお待ちになります？商品の説明ならしますから」

と言って、田代は暖簾を分けようとして、またクルリと鋭い方向転換をした。

「アレ気がつきました？」

と言うと、田代は軒の上を指さした。その指先には、裕司がさっきから気になっていた黒っぽい力士のような像があった。

「気になってたんだよ、なんだろうって」

「この先の山のほうに工房みたいなのあって、いっぱい作ってんですよ、その人。旦那さんが居酒屋で知り合って、その人にアレ貰ったんですって。いいことあるからって。そしたらお酒の出来が良くなったって、前にいた杜氏さんが言ってました。大事にしなさいよ、うちの守り神だから、って。というわけで、私も守ってもらっているせいか、自分にこんな能力あったのかって、ビックリするくらいのいいお酒できちゃってるんですよ。エヘッ、自慢自慢」

そう言ってはにかみ、「アラ、プレゼンしちゃった」とまたケラケラと笑った。

そんなことはあるまい、たまたま酒米の出来や水の状態、気候が酒造りに適した状況が続いたせいだろう。

ただ、不細工ながらもなんとなく魅かれてしまうのはなぜだろう。超科学的な話だが、そういうこともアリか？

どこかで見た覚えがあるが思い出せない。遠目ではあるが、大きめの頭部に円形の巨大な（おそらく）目が二つ横に並んでいるのは確認できる。全体的に超肥満体で手足らしきものがついているようにも見える。デフォルメした単なる人形か。

それにしても気になる。

興味深そうに見つめている裕司を見て、

「なんとかいう土偶らしいですよ。教科書に載ってたようなんですけど、大昔のことにあまり興味なくて」

思い出した。あのユニークな造形――遮光器土偶。どうしてすぐに気がつかなかったのか。あまりに不似合いな場所にあったため、別の何かだとずっと考えていた。中学の時、巨漢短軀の担任のことを〝しゃこうき〟と呼んでいたではないか、とフッと笑った。

「笑っちゃいません、あの姿。ちっとも福の神には見えませんよねぇ。でも、ずーっと見てるとなんか魂奪われるっていうか、けっこう沼落ちしちゃって」

裕司も、大昔のことなど全くといって興味がなかったが、土偶って東北地方でいっぱい出土してるんだぞと〝しゃこうき〟が説明していたのを思い出した。

シャコウキドグウ……裕司がつぶやいただけの音を、田代は見事に拾う。

「そうそう、ソレ！」

クイズの答えが当たったかのように、田代はパチパチと手をたたいて喜んだ。

「その人、土偶の発掘もしていて、それをモチーフにして作ってるって言ってました。でも土偶っていろんなのがあるんでしょうけど、その遮光器ばっかかみたいですよ」

「面白い人なんだね」

「エエ、変わってる人だって言われてるけど、私は別に。だって変わってるか変わってないかってどこで線引きするんですかね。工房に行ってみたらどうです、旦那さんも来るかもしれないし。それとも中で待ちますか？」

そうだった。山形までやってきた目的をすっかり忘れ、土偶の話で盛り上がってしまった。しかし、魔人に魅入られたかのように気になって仕方がない。

まともなフツーの酒屋だったら、ここで蔵に入って若き杜氏から説明を受けるはずだ。当然試飲もするだろう。２人で酒宴になるかもしれない。

しかし、どうもオレはフツーじゃないらしい。桜ひとつで非国民の烙印を押され、日本人としては失格だと思われている節がある。「あんたがどう言おうが、春になったら桜は咲くし人は浮かれるのよ。ミミズやカエルだって起き出してくるし」と、ちょっとわからない話を妻の百合子はしてくる。

ならば変人でいいさ。マイノリティー上等！

仕事は二の次にして、あの不思議な土偶を作っている人に会いに行こう。己を啓発させる何かを見つけられるかもしれない。変人は変人を知るだ、きっと。裕司はポカンとしている田代に向かって、親指を上げた。

どうせこのへんはそんな複雑な道はないですから……と言って、田代杜氏が描いてくれた地図は、一本の線がすっと伸び、途中でふたまたに分かれていて、上のほうに二つのお山があるだけの究極のシンプルさだった。目的地は、△と□を組み合わせた家だった。彼女の中ではおそらく十分なのだろう。

ふたまたをどっちに行くかだけで地図は要らないのでは、と見ていると、20分くらいかかりますよ、と田代はすました顔で言った。車で送りますよ、という心づかいのあるセリフは頭になかったようだ。帰り待ってますよーの声に、後ろ手に手を振る。

道端にところどころ雪の残る半舗装の道は、唯一のふたまたを過ぎると山道になった。時おり山桜が咲いているそばを通る。こんな山の中でひっそり咲いているのはなかなかおつなものだなと、サクラ嫌いの男は思う。

緩い傾斜の坂を上り詰めたところで、視界が広がった。そして、裕司の視線の先には大きな岩の上で足を広げ、両手を空に向けてもっと広げている痩せぎすの人間の姿があった。陽の光を背景にしたそのシルエットは、針金細工のように細い。これがあの遮光器土偶を作っている人か、と疑った。

全く動きを見せないその姿は、イエスのように神々しくも、エセ宗教家が天空に向かってもっとお金をと祈っているようにも見えた。あの遮光器土偶はナントカ教のご本尊なのかもしれない。が、どう見ても魔人にしか見えないのは、自分の信心が足りないのか。

儀式には違いなさそうなので、音をたてずにそっと近づく。

両手が下がったのを機に、あのーと声をかけた。振り向いたその顔は、逆光のため人相はわからなかったが、頬がかなりこけているのだけはわかった。その男は針金のような細い首を曲げた後、岩から降り裕司に向かって頭を下げた。なんとも言えず美しい所作だった。正しい宗教家のように見える。

「申し訳ございません、ルーティンワークをしていたもので」

全身黒ずくめの男は、また丁寧に頭を下げた。まだ肌寒いというのに長袖の黒Tシャツと黒のジーンズ姿。スリムな体型にスキニージーンズがよく似合う。流行りのピークの時に、無理やり贅肉を押し込んでお尻パンパンだった百合子を思い出した。やっとのことで脱いだ後、アーー楽！　と言って両足を投げ出した姿まで。

「スミマセン、大事なお仕事のおじゃまして」

「イエイエ、ユーフ……」

と途中まで言いかけて、

「何かご用で？」

と言い直した。

山の中にいて突然押しかけられたら、警戒してしまうのは仕方ない。裕司がどう話してよいものか迷っていると、

「アーここは寒いですから、中に入りませんか」

とフレンドリーなお誘いを受けた。やっぱり寒いんだ、と裕司はそっちを心配する。

ダウンベストを着ていた裕司でも風当たりによっては寒く感じていたのに、仙人のような暮らしをしていればあれでいいのだな、と考えていたところだった。

木々に隠れて見えなかった住処は、田代が描いた通り三角屋根の四角い家だった。なるほど……その観察眼に感心する。

その周囲には、至るところ遮光器土偶らしきものが並べられている。アァ、これですか……と裕司がキョロキョロと見回しているのを見て、男は笑った。痩せすぎているからか、ちょっと不健全な笑顔に見えた。

「イヤー、実はそのー……そのことでお話を聞きたくて」

宗教を始めるのですが、そのご本尊を探していて——と誤解されないようにサラリと言ったつもりだった。が、笑顔が消えたので、そう捉えられてしまったらしい。

「イエイエ、そうではなくて」

と裕司は手を振った。自分は田野倉という者で、東京で酒屋をやっていること、仕事でこっちに来て田代杜氏に話を聞いたことを、ザッと話した。おまけに例の地図まで渡した。気づかないでいたが、端っこに〝田代〟と小さくサインがしてある。

「アア、杜氏の……」

あの地図の存在価値が発揮される。

家に入ると、広い土間にもあの遮光器土偶が整列していた。NHKで見た、中国のなんとかいう石像が隊列を組んで並んでいる映像を思い出す。

「どうぞ上がってください」

大型のストーブで温まった部屋は、畳敷きで真ん中あたりに小ぶりの座り机が置いてある。部屋といっても明らかな仕切りはなく、家のサイズからいってふすまの向こうは小さな部屋が一つあるだけだろう。

「田野倉さん、どうぞそのへんに」

と座布団を勧め、

「アア、私、野本といいます」

と簡単につけ加えた。

「今、お茶を、お茶……アレどこだっけ？　どこ、どこ……アレアレアレ」

なにか慌てている。

「ウワァー、あつあつうつ」

ストーブにのせていたやかんを持ったとたん、大声を上げた。

仙人のようなという第一印象とはどうもかけ離れている。マァ、厳格な宗教家のような人よりは緊張しないで話ができそうだ。

「野本さんは山形の方なんですか？」

つかみはこのへんでいいだろうか？　故郷の話をするのが嫌な人はそれほどいないだろう。

「こっちに来て10年ほどになりますかねぇ。それまでは生まれてからずっと鳥取で、マァいろいろあって」

と答えながら、ペットボトルを開けている。お茶っ葉はあきらめたらしい。

「わけありなんですね。でも、わけなしの人ってあまり世の中にいないでしょうからね」

内臓脂肪を減らすお茶……のようですが、どうぞ、と大きなマグカップを差し出した。あの体型でそんなお茶をストックする必要があるのか？　それにマグカップでお茶、細かい気配りをしないのが持ち味のようだ。

「小さい頃からいろいろありましてね。イエね、誰にも信じてもらえなかったんで長い間封印していた話なんですよ。でもそれが今につながっているって言えば、そうなんですが」

知り合って一言二言話しただけなのに、ディープな物語が始まりそうになった。山の中でひとり、面と向かって話す相手もそんなにいないのだろう。乗りかかった舟だ、つき合ってみるのもいいか。裕司は腹をくくった。

野本は視線を天井に向けて話し始めた。そこに座敷わらしでもいるかのように。

「子どもの頃から、変わってるねって言われてましたね。ひどい人は、変な子だねって。

大阪生まれの転校生には〝けったいなヤツやなぁ〟って。自分では全然普通なんですけどね。世の中に背を向けてたり、斜めからものを見たりしてるつもりないんです。私にとっては〝フツー〟なんです。理由がわからないと怪訝な顔になってしまうでしょ。そうすると、やっぱりねぇって顔されて……。でも心当たりはあるんですよね、コレ……言っちゃっていいのかなぁ」

カップを両手で揺らしながら迷っているが、裕司は今から長い話が始まることに全財産を賭けてもいいと考えていた。しょっぱなから幼少期の話が始まり、後どれだけ続くのだろうかと心配にもなった。でも、もっと深い秘密を話そうとしているこの男への好感度はますますアップした。何か好きになっちゃいそうだ。

「いいですよ、ムリしないで」

「今日気分いいんですよ。焼き上がりもすごく良くて」

家に入る時、裏のほうに小屋のような建物があり、山の斜面に登り窯の一部が見えた。

「ていうことは完徹ですか？　まずい時に伺っちゃいましたね」

「ぜーんぜん。思考力や注意力は落ちても、テンションは上がってますからね」

「アア、それでさっき外で瞑想みたいなこととして精神のバランスを」

「ン？　ああ、あれはですね、うーん、日光浴？」

語尾が不思議な抑揚だったが、陽を浴びて体をリセットしていたのか。人間には体内時計というのがあるらしい。

「それに、今は脳を興奮させて眠気を抑えるいいものもありますから」

と言った後、野本は何やら慌てて、イヤイヤ非合法のじゃありませんよ、と両手を振り回した。アアそっち、さすがにそれは考えていなかった裕司は、まさかねぇと不自然に見えないレベルでフォローした。

「エナジードリンクなんて、いっぱい売られてますもんねぇ」

一歩間違えれば警察沙汰になるので、もっとフォローした。

野本は「そ、そうなんですよ。助かってます」と、右手の甲で額を何度かこすった。

「……それで、封印した話って……」

女性週刊誌の記者の質問に聞こえないように、少々音量を落とし、興味がなさそうな言い方をした。

そ、そうでした、と野本は体勢を立て直した。細い手足がマリオネットのように動く。

「私の実家は、鳥取の駅前で旅館とも言えないような宿泊所なんです。長男だったんで、いずれ跡を継ぐんだって。で、実際何年かは旦那稼業をしてました。物心ついた頃から自分の道はこれしかないっていうか、将来のことなんてなんにも考えてませんでした。欲張りになっちゃいけない、波風立てずに暮らしていれば穏やかな生き方が続けられるって。生きてくのって基本食べることと寝ることで、他のことってついでみたいなもんでしょ。でもマァ、そのついでってやつが大事だったり楽しかったりするんですけどね」

ウーン、マァ俺も同じだったかな、と裕司は首を上下した。

「でも、違うなぁ、違うんだよなぁって意識がいつもついて回ってたんです」

俺だってそういう感覚あったよな、と裕司は思い出していた。酒屋仲間のつき合いでイヤイヤ行った地下アイドルのコンサート。勢いだけで上手くもない応援ソングに理由もなく涙が出てきた。おネエちゃんたちの学芸会だとバカにしてたのに、ひょっとしたら自分の居場所ってここじゃないんじゃないかって、わからなくなった。

「その理由を自分勝手に考えてたんです。よく言う〝個人の見解〟ってのです。ここからはこの何十年って話したことないんで、信じてもらえなくてもいいんですが。できれば内密に……」

と、野本は声を落とした。

悪徳代官が豪商に裏金を要求するシーンが裕司の脳裏を過ぎった。「できれば」はくっつけないか、と訂正する。

「エエ、口は堅いですから」

黙ってるのは苦手なんですけど、とはつけ加えなかった。見え透いたウソの典型だ。

一度首を振った野本は、静かに話しだした。

「小学校5年の冬のことでした。野球少年団の練習の帰り、というかタオルを忘れてグラウンドに戻ったんですよ。もう真っ暗でした。バックネットにかかっていたタオルを手にした瞬間、辺りに閃光が走り何も見えなくなってしまいました。ほんのわずかな感覚なのですが、体が浮遊していくような。それからどれだけたったのかわからないのですが、気づいた時はピッチャーズマウンドで大の字になっていました。ユニフォームがクシャクシャになっていたのとベルトが外れていたの以外は、何も変わっていませんでした。わけがわからないまま家に着いて、その話をすると、父は夢でも見てたんだろうと相手にしてくれず、母はなんでもなくてよかったねと、話の本質とはかけ離れた優しい言葉をかけてくれました。でも、なんでもなかったかどうかは今でもわかりません。たった一人興味を持って話を聞いてくれたのは、弟でした。まだ小さかったのですぐに忘れてしまったようですが、その時は嬉しかったこと覚えてます。それ以降、精神の変調や体調不良は起きなかったので私も忘れていたのですが、2、3年たったでしょうかねェ、お正月の特番テレビで宇宙人に拉致された女の人の話をやっていたのを見たのです。その状況が自分に起きたこととほぼ同じだったんです。ただ、その人の証言では、UFOらしきものの中で素っ裸にされてアチコチ調べられたというんです。思わず股間に手をやってしまいましたね」

うっすらと笑い、そのしぐさをした。裕司も無意識に股間を押さえる。

「ベルトが外れていたのは気になってましたからねぇ」

「でも、記憶はないんでしょ？」

前のめりになって聞いていた裕司が口を開く。

「そうですね。そうなんですけど、記憶がないこと自体変ですよね。いくら子どもだからって……一時的に記憶喪失になったのかなって考えたこともありましたけど」

「けっこうつらいですよね、そういう思い出がついて回るってのは」

「年がら年中気にしているわけではないですよ。でも、頭の片隅には巣食ってましたがね。ある時、ロビーに置いてあったテレビの中で年端も行かないアイドルが『人生一度だけですから』と話していたんです。衝撃でした。あんな自分の子どものような年の子が。エッ、自分ですか、私はずっと独身で。やっぱり影響あるんでしょうね、あの経験が」

また股間に手が行きそうになって、途中で止めた。

「そう、生まれ変わりなんてできないんですよ。ぬくぬくと宿の主人をしているべきではないんです。あの時、私のアイデンティティがゆがめられていたり、記憶の書き替えがなされていたかもしれないじゃないですか。死ぬまでこの頭の中のモヤモヤと付き合っていくのはイヤでした。解決しないとダメなんです。それ以降は仕事にも身が入らず、食欲もなく、落ち込む毎日を過ごしていました。もともと痩せてはいたんですが、その時落ちた体重は今でも戻っていません」

野本がTシャツを脱ごうとしたので、裕司は慌ててやめさせた。

……そうですか、と野本は少しガッカリしたようだったが、

「そんな時、東京で仕事をしていた弟が『イイヨ、兄貴、好きなことしたら。後は任せてくれ』って。あの時、唯一、話を真剣に聞いてくれた弟が……」

こらえきれなくなったのか、野本はTシャツの袖で目頭を拭った。

「ホントにいいヤツで、いい……」

裕司も涙腺が緩む。

「女房も地上勤務で大丈夫だって言うからって、アイツ」

裕司にはよくわからなかったが、仲のいい兄弟だというのは間違いない。

「そんな弟の気遣いにどうしても応えたくて、それからは人生をかけてUFOの謎を解いてやろうと。ほとんど毎日、あのグラウンドを始めとして周囲の調査をし始めました。砂丘を何カ所も掘り返したこともあります。いろいろ調べた結果、日本では東北地方にUFOの目撃情報が多いという事実がわかり、すぐに移り住みました。山形でなくてもよかっ

たのですが、なんとなく呼ばれたような気がして」

ようやく山形まで来た。

「ＵＦＯの基地とか宇宙人を探しているんですか？」

野本の話が一段落したので、隙間を狙って訊いてみた。

「さっきも呼んでたんですけどねぇ。テンション上がってると、割と姿見せるんですよ」

アア、あれは宗教儀式でも日光浴でもなかったんだ、と納得する。ＵＦＯの研究家だという怪しい人が、テレビでやってたのを見た覚えがある。

「ひょっとしたら、田野倉さん」

と何かに思い当たったように、野本は尋ねた。

「ＵＦＯとあの焼き物——遮光器土偶ってご存じですよね。そうです、ハイ、土偶って言ったらこれだっていうくらいの——それがどういう関係、って思ってるでしょ？」

たしかにそのへんがこんがらがってきていた。

「縄文遺跡の本場は青森で、遮光器土偶も多く出土してます。でも私の中ではここ山形だったんです。ていうか、自分自身理解不能な何か……発掘されていない我らを探せと私の中の何かが囁いたのです」

ミステリーな雰囲気が漂ってくる。裕司は居ずまいを正した。

「そして、UFOの目撃情報が多いのも東北なんです。ネッ、匂ってきたでしょ。1万年以上続いた縄文時代に、地球外生命体とコンタクトする可能性は高いと思いませんか？」

その土偶をモチーフにしてあんなにたくさん作ってるんだ。そうするようにでも囁かれたのか？　福の神だと言えば商売にもなる。

「あの姿を見てくださいよ。ジッと目を凝らして見る必要なんてないでしょ。初めて目にした人が驚愕しないわけがない。もし人間がモデルもなくてあれだけのものを想像したのであれば、天才というしかないですよ。自信を持って断言しますが、あれは地球外生命体がモデルです」

裕司は驚愕した。自分は危ない人と向き合っているのか。UFO、宇宙人、遮光器土偶⁇

「ちょっと飛躍しすぎじゃないですか」

裕司は、当惑という言葉を表情で示しながらそっと伺う。

「土偶が作られた時代にも天才は存在したんじゃないですかねぇ。どの時代にもそういう非凡な才能を持つ人がいると思いますよ」

「ピカソやダリに匹敵するほどの想像力の持ち主ですかぁ？」

ピカソは知っていたがダリは知らなかったので、そう、岡本さんのように、と裕司はつけ加えた。

「マァ、そういう可能性がないとは言えませんが、私は対象物があったからこそ作れたのだと信じています」

「ていうことは、宇宙人が仲間をモデルにしてか、自撮りした自分を見て製作したってことですか？」

「マァそう考えるでしょうね。とんでもなく社交的で怖いもの知らずの人間が、って可能性もありますがね」

「だいたい宇宙人っているんですか？」

基本的な問題に立ち戻った。

「私は〝宇宙人〟という呼称は間違っていると思いますが」

と前置きした野本は、

「私も会ったことはありません。見てもいません。間接証拠だけです」

と開き直った。

「遮光器土偶が証拠？　かなり緩くありません？」

「実証主義の人は笑うでしょうね、メチャクチャ。でも〝いない〟って証明できます？」

出た、悪魔の証明！

「卑怯でしたかね。でも、間接証拠を積み重ねれば裁判も有利になりますから」

奥の手がありそうな雰囲気だ。

ご存じないと思いますが、とまた前置きして、

「ウイルスや細菌って毛嫌いされてるでしょ。そうそう新型コロナで名をはせた。でもね、アイツらいなかったら、人間もっていうか生物は存在していないんですよ。バイ菌、バイ菌って言って、もう嫌われ者の最たるものです。でも、それって人間側からの話ですよね」

ついさっき同じような話したんじゃ、と裕司は田代との会話を思い出す。

「人間を含めた生き物の歴史なんて取るに足らないもんですよ、彼らに比べたら。人間って、地球の歴史からいくと何ソンナモンっていうレベルですよ。偉そうな存在ではないんです。それに、生命はとてもデリケートで、環境条件がほんのわずか変化していたら、私たちはチリかガスになっていたかもしれません。ここからは私見ですが、もともと生存することだけを目的とした彼らは、地球外生命体の置き土産だったのではと考えるのです。そう、地球の環境調査のために。理由は不明ですが、彼らは変異を繰り返しながら一つの星を滅ぼしかねない生物にまで進化していったのです。言い方を換えれば、人間は細菌やウイルスに操られていると言ってもいいのです。つい最近までてんやわんやだったでしょ。もしこれが地球外生命体からもたらされたものなら、人間は地球外生命体に操られている

ってことですよ。そう、思想や行動までも……」

「ＵＦＯはそれを確認しに来てるってこと、ですか？」

「だと思います……だから人間は謙虚でなくてはならないのです」

一度だけ聞いた清真の説教を思い出していた。

「どうもわかるようなわからないような話ですが、友人の坊主が同じことを言ってました。天狗になっちゃダメだと」

野本は二度首を振るとゆっくり立ち上がった。カシャカシャと音がしそうだ。

「何も知らなかったら、あの異形の者たちは恐怖や畏怖といった感情をもたらしたに違いありません。でも、私は愛おしくてたまらないのです」

そう言いながら、土間に置いてある土偶に寄っていった。

「こんなにいっぱいあって邪魔ですよね。でも、邪魔になってもそれで安心したり自信を持てればそれでいいんです」

「外にもこれよりたくさんありましたが、何か目的が？」

「そうですね、ナスカの地上絵とまではいかないものの、五山の送り火みたいに並べて……遠くからでも解析してもらえれば、自分たちの姿だと理解するはずです。そしたら親近感湧きませんか？」

なかなか壮大なプランだ。

「それが一番の目的ですか？」

十分理解できる話ではあったが、それだけではない気がする。

「……ウッ」

と野本は一瞬顔をそむけた。

しばらくの間、自分の作品たちをながめていたが、

「ホントは、ホントは、あの時私に何が起こったのか。もっとピンポイントで言えば、私は何をされたのかを彼らに訊いてみたいのです」

必要十分な理由だ。自分だってそうするに違いない。そのトラウマはそうすることでしか解消できない。

「何年か前までは、その本当の目的をごまかしていたんです、自分の中で。忘れようってどうしても考えてしまって。そんな時不思議な人に出会ったんです。その人が『自分に正直になったほうがいいですよ』って」

ずいぶんシンプルなアドバイスだな。だけど、そういう一言が沁みてくことって、案外あるよな。

「このへんの人ではないんですか？」

「知らない人でした。ある朝起きたら、今私が使っている岩の上で、手を振り回したり何かを避けているような動きをしていたんです。VRゴーグルでもつけてるのかとよく見たのですが、そんなことはないんです。目に見えぬ何かを素手で受け止めたり、時にはファイティングポーズをとったりと、大きな体がスムーズに動くのです。年は60前後だと思うのですがね」

そう言いながら、身ぶり手ぶりでその様子を表した。裕司は骨折でもしないかと気にしてしまう。

「何をしてたんでしょうね」

「私も訊いてみたんですよ、闘いが終わってから。そしたら様子が全然変わってアタフタしていて、挙動不審なオヤジですよ、全く。それで『極秘のミッションで』なんて答えるんですよ。もとは気象関係の会社に勤めていて、今はフリーランスだって言ってました」

ナーんだ、一般人か、と裕司はガッカリした。サイキックだったら面白かった。

「でもね、不思議感はそのままで変なオーラが漂っていたんです。そしたら急にさっきのお言葉」

そのすぐ後で、雨混じりの薄暗い空に突然陽が射してきた事実は単なる気象状況だと思い、野本は割愛した。

「その後、怖気づくように『遅くなると妻に怒られるんで』ってアッという間にいなくなりました。恐妻家なのは確かなようです」
野本は、「私にとってのインフルエンサーです」と静かに言い足した。

いつの間にか時間が過ぎていった。太陽の位置は変わり、風の流れも変化している。陽に反射した雲がきれいだ。色彩を帯びてきた春先の庭のところどころに、あの遮光器土偶が鎮座している。彼らに囲まれて生きている野本は幸せなのだろうか。どうであっても、彼らの呪縛から解放される日が1日も早く来ることを裕司は願った。

去り際に、野本が神妙な顔をして無言で差し出した土偶。顔のほぼすべてといっていいほどの横並びの大きな丸い目、ネーミングのもととなった横一文字のスリット。二の腕と太腿は栄養過多の太さだが、その先は極端に絞れていてアンバランスな上下肢。ところどころ小さな破損はあるが、遮光器土偶の基本の姿を保っている。が……それにはたった一つだけ衝撃的な相違があった。遮光器土偶には疎い裕司であっても、それが異端のそれであるのがわかった。何かを暗示しているソレ。
豊かな太腿のふたまた部分、股間部から細いチューブが蛇のように伸び、わずかに膨らんだ先端を、それの短い右手が支えている。

「変わってますねぇ、何か意図があるのでしょうか?」

と裕司が訊くと、サァ? と一言言って野本は背を向けた。


突然の訪問者を送り出した野本は、ゆっくりとふすまを開け、奥にある薄暗い部屋に入った。窓ひとつないその小部屋にはパソコンやモニターが何台も置かれ、光を放っている。一瞬見ただけではＦＸをやって大儲けをしている人の秘密の部屋のようだ。

野本はその中の一台の前に座り一つ大きく息をした。おもむろに細い指がマウスを動かす。モニターの画面が変わると、そこには『ＮＡＳＡ』のロゴがクッキリと浮かび上がった。

エピローグ

毎夕6時になると、総泰寺の鐘が遠慮がちに鳴る。鳴り響きはしない。

清真の耳には、その響きが「ゴメンなさいね、ご家庭でお寛ぎのところに不粋な音たてちゃって。仏事だから許してね」と、謝っているように聞こえていた。

規則正しく寸分の狂いもなくミュートをつけたようなくすんだ音を聞きながら、時の流れというものはこんなにも人の心を荒廃させてしまうのか、と清真は塞ぎこんでいた。梵鐘のコンピューター化を決断したのは他ならぬ自分だったのだが、さすがにこの不思議な音色を聞いていると胸が痛む。

己を犠牲にして、60年以上にもわたり人々の魂の救済を祈ってきた父清晃。あげくの果てがこの結果なのかと、自己嫌悪にも陥っていた。

父は、おまえの好きにしていいと言ったが、これが住職の望みだったのか。システムエンジニアの鈴木さんだか佐藤さんだかも、何度も作業に取りかかっていいものかと確認してくれた。顔の絆創膏が剝がれそうになるほど、いいのですかを繰り返した。

友引の日曜日、総泰寺の駐車場に車を止めた雄一郎は、カーゴルームからギターケースを引っ張り出した。裕司が死体が埋まっていそうだと疑った満開の桜の老木の前を通り過ぎ、玄関に向かう。ピンクの花びらがギターケースの上にいく片か舞い落ちた。

雄一郎がミドラーズの2代目リードギタリストとして参加するようになって三度目の合同練習だ。どちらかというと人見知り傾向の雄一郎は、初めての顔合わせでは潤や博之とガチガチの敬語を使って話していたが、全員が同じ年だと知ると、二度目の練習の時はジュンちゃん、ヒロ君と打ち解けた呼びかけをした。清真に対しては潤や博之のようにセイシンとは呼べず、清真さんと敬意を表した。

「こんにちはー」

と玄関で声をかけると、ワンテンポおいてから「ハーイ」と元気な声が聞こえ、清真の妻真美が顔を出した。

「いらっしゃい。どうぞ上がってください。今お茶を用意しますから」

「お構いなく。もうすぐ始まるでしょうから」

と雄一郎は引き戸をゆっくり閉めた。

どこか奥のほうからトントン、ガタガタという音が聞こえる。

「申し訳ありません。住職は急に檀家の方と相談することができて……。もうすぐ帰ると思いますので」

そう言えば、車庫にいつもの車がなかった。

「それと、潤さんは新しく買い換えたフォークリフトの調子が悪いとかで少し遅刻です。博之さんは、熟成させていたバナナがたまたま今日最高の状態らしくて、作り終えたら急いで来ますって、電話がありました。スミマセン、河口さん、きちんとみえてるのに。じゃあ今、お茶入れますね」

「ほんとにいいですよ。私一人分じゃあ大変ですから」

「イエ、今お茶を用意しようとしてたところなので」

「……」

「ハァ、職人さんが入ってるんですよ、今。前々から評判の良くなかった檀家さん用のトイレを思い切って直すことにしたんです。今どき和式って時代遅れでしょって総代に言われちゃって。鐘に続いて今度はトイレのリフォームです。アラ、鐘とトイレ一緒にしちゃあまずいですよね」

真美はひとりでクスクスと笑いながら、客間を出ていった。

雄一郎は、周りの壁に飾られた白黒やカラーの総泰寺に関わる写真を見ながら、清晃から相談を受けた日を思い出していた。以後清真とは何度か顔を合わせ打ち合わせもしたが、いつも穏やかな微笑みを絶やしたことはなかった。しかし、父上の本意をわかっていながら苦渋の決断をした自分を、ずっと悔やんでいたのかもしれない。そして、それは今も変わらないのかもしれない。悔恨の毎日。

「お待たせして、ゴメンナサイ」

大きな盆に載せた湯呑み茶碗を雄一郎の前に置くと、真美はフーッと小さく一息して両肩を上下に動かした。

「お寺さんも大変ですよねぇ。すごく大きな家がもう一軒あるようなものですからね」

「ハイ、今回も檀家さんからの声がきっかけで……。今まで和式だったものを全部洋式に替えるんです」

「ウ、ウウップ……」

出されたお茶を口にしていた雄一郎は、危うく吹き出しそうになった。無理して飲みこもうとしたせいで、のどの蓋が誤作動を起こす。ゴホゴホと何度かむせる。

「スミマセン、お茶を出しておきながらトイレの話なんかして……。大丈夫ですか?」

よ、洋式に……。

首筋に近い背中のあたりがゾクゾクしだす。毛虫か何かが這っているのか。不吉な何かが起こる前兆のような……いやーな感覚。

いつからかあまり話に出なくなっていたが、雄一郎は日々、和泉の狂気が再発することを恐れてきた。あの和泉のことだ、きっと何年も考え続けているにちがいない。秘密裡に試行錯誤を重ね、さらなるおぞましさを備えた改良型を。そして自らの仮説を実証するための生体実験を雄一郎に強要してくる可能性は高い。完全なるエビデンスを得られた暁には学会発表なり、パテントを取るなりしてネットの話題を独り占めするだろう。

あの日和泉が提案した悪魔のような器具の記憶が甦る。ターゲットを捕捉して伸びてくる禍々しくクネクネと曲がったフレキシブルホース。その先端には大きく口を開けた大蛇の如きアタッチメント。逃げても逃げても追いかけてくるしつこさに、雄一郎は思わず股間を押さえた。

そうだ、のんびりお茶なんて飲んでいられない。一刻も早く清真さんの耳に入れなければ……。

檀家の方々に、小用の際にも座って使ってもらうようにお願いを、イヤ約束を。……そう、コンプライアンスだ！

雄一郎は、眼鏡をすっ飛ばし座布団をひっくり返して素早く立ち上がると、目を真ん丸くしてびっくりしている真美に向かって叫んだ。

「奥さん、清真さんに、イエ、ご住職に大事な大事なお話があります」

この物語はフィクションであり、実在の人物及び団体とは一切関係ありません。

著者プロフィール

原　一実（はら　かずみ）

1954年生まれ。

茨城県出身・在住。

歯科医師。

著書

『青空チェイサー』（2023年、文芸社）

茜雲タペストリー

2024年10月15日　初版第１刷発行

著　者　原 一実

発行者　瓜谷 綱延

発行所　株式会社文芸社

〒160-0022　東京都新宿区新宿1－10－1

電話　03-5369-3060（代表）

03-5369-2299（販売）

印刷所　株式会社フクイン

ISBN978-4-286-25705-1